鬼灭之刃

幸福之花

[日] 吾峠呼世晴
矢岛绫 著
白静泽 译

浙江人民美术出版社

栗花落叶樱

蝴蝶忍的“继子”。
沉默寡言，不擅长自己做决定。

神崎葵

鬼杀队队员。
负责蝴蝶居的治疗和训练工作。

蝴蝶忍

鬼杀队“九柱”之一。
精通药理。一名制作灭鬼之毒的剑士。

我妻善逸

与炭治郎同期。
平常总是一副胆小怕事的模样，一旦睡着便会发挥出真正的实力。

嘴平伊之助

与炭治郎同期。
头上戴着野猪头套。一个十足的好战分子。

人物简介

灶门炭治郎

心地善良的少年。为了将妹妹变回人类，同时为了替家人报仇雪恨而踏上旅途。能够通过『气味』分辨出鬼以及对手的要害。

灶门祢豆子

炭治郎的妹妹。虽然变成了鬼，但她与其他鬼不同，为了保护身为人类的炭治郎而行动。

剧情简介

时值大正年间——存活了千年以上的初始之鬼鬼舞辻无惨不断制造着新的鬼。他们吞噬了大量人类，破坏着人类的幸福。

产屋敷一族中诞生了鬼舞辻这个怪物，族人也因此受到诅咒。为了赎罪，产屋敷一族呕心沥血，想要击败所有事情的幕后元凶——鬼舞辻。

鬼狩——日后被称作『鬼杀队』的这群人，手持名为『日轮刀』的利器，以血肉之躯与鬼抗衡。

身为人类，他们并没有鬼那样惊人的恢复力。他们会负伤……即使如此，他们仍旧挺身而出，只为守护人类。

鬼灭之刃

幸福之花

目录

鬼灭之刃

幸福之花

第1话

幸福之花

庄重的黑色引振袖[①]一定可以与肤色白皙的妹妹相映生辉吧。

腰带是用华丽的金线织花锦缎做成的，劳苦命的妹妹也许会皱着眉头说："这也太浪费了。"

妹妹会顶着高高梳起的文金岛田[②]落泪吗……

并不是悲伤的泪水，而是充满幸福喜悦的泪水。

比任何人都要温柔的我的妹妹，即使堕为鬼，仍无法舍弃身为人类时的温情，陪伴在我身边的，我的妹妹。

我的愿望，是让你比任何人都幸福。

"婚礼……吗？"

"是的……村里的姑娘要出嫁了，可喜可贺。"

阿寿婆婆如此说着，眯起了细长的双眼。

模仿紫藤花绘制的家纹，是无偿为鬼杀队效劳的证明。

门上印着紫藤花家纹的人家不忘鬼杀队救助之恩，用侍奉鬼杀队的方式来报恩。

所以受了伤的队员总会以紫藤花家纹为疗伤目的地。

阿寿婆婆家便是其中之一。

炭治郎、善逸、伊之助和祢豆子四人在任务中负伤，之后来此疗养，如今刚好满十天了。

① 引振袖为女性和服样式之一，黑色引振袖是女性结婚时的服饰。
② 文金岛田是日本女性发髻样式的名称，又称文金高岛田，是女性结婚时的常用发髻之一。

虽然，身为鬼的祢豆子实际上白日只能躲在用雾云杉木做成的箱子里，所以和家中其他人打过照面的主要是炭治郎他们三人……

用山中野味烹制的美味佳肴和温暖蓬松的被褥，还有柔软舒适的衣服——在各种贴心的照料之下，三人仿佛是表演同进退似的，断掉的肋骨也都以各自的恢复速度渐渐长好了。

“是要嫁到离此处最近的那个镇子的镇长家。”

“那可真是桩值得庆贺的好姻缘。”炭治郎发自内心地祝福道。

阿寿婆婆微微一笑，继续说：“如果不妨事的话，想请鬼杀队的各位大人出席婚宴，为新人送上祝福……”

“欸？你是说我们几个吗？”

“是的，如果各位身体无恙的话……还请各位不要勉强。”

“没关系的。身体已经恢复好了。比起这个，让我们出席真的好吗？”

听见炭治郎谦逊的询问，头发花白的阿寿婆婆摇了摇头。

据阿寿婆婆所言，今夜只是在村内举办一场表达心意的小仪式而已。明天白天，新娘会乘坐锦缎花轿，一行人浩浩荡荡地前往新郎所在的镇子。之后会在新郎家举办盛大的典礼。

要嫁过去的新娘生得十分美丽，虽说对方明显是看上了姑娘的容姿，但毕竟是难得一见的好姻缘，村子里的人都因此兴致高涨。

“如果能得到各位鬼狩大人的祝福，那是再好不过的了……大家都会很高兴的。”

“既然如此，请务必让我们献上祝福。是吧？善逸？伊之助？”炭治郎转头问道。

闻言，善逸回答道：“嗯，当然……不，该说礼当如此。结婚仪式又不是去消灭鬼，没什么可怕的。就是吃一些好吃的，然后拜见一个可爱的新娘子而已嘛。一石二鸟……啊……就算再可爱也还是比不上祢豆子哦！当然，我当然明白这一点……不管怎么说，我对祢豆子都是一心一意的哦……还请你们不要误会这点啊。”善逸搓着双手央求。

“婚礼是啥玩意儿啊？”伊之助两手抓着包子大快朵颐，还不忘用头冲撞炭治郎的侧腹。

好疼……

炭治郎皱起眉头，并且（善逸也让人）有点反胃。

现在——或者说这几日——这样的光景已然成为惯例了。

善逸在知晓了祢豆子是炭治郎的妹妹之后态度骤变，总摆出一副谄媚的样子。

伊之助则是动不动就拿头撞人。这大概是伊之助与他人建立关系的独特方式吧。面对动不动就要撞过来表示好意的伊之助，炭治郎既筋疲力尽又分外为难。

正因如此，只有炭治郎肋骨上的伤到现在也没有恢复好。

“善逸你为什么总用那种令人闹心的语气讲话啊？而且你这样对新娘子太失礼了。别这么说话。还有，伊之助，婚礼就是两个人要结婚，其他人为他们送上祝福的意思。疼……伊之助，你也差不多适可而止吧，别总用头撞我。”

炭治郎语调温柔地抱怨了一下，又转过头将视线对准阿寿婆婆：“请务必让我们为新人献上祝福。请多指教。”炭治郎说完，低下了头。

“我们才应该说一声‘请多指教’……”阿寿婆婆把头深深低下，额头几乎贴在榻榻米上了。

“今夜，请务必在此地用膳。”阿寿婆婆的唇角绽开了笑容，“年轻人喜欢的食物，我想应该还是肉类吧……抱歉，我们对年轻人喜欢的东西不甚了解……”

“没有的事，我们已经受您照顾颇多了。”

伊之助一把推开慌忙摆手的炭治郎，大叫道：“我要吃那个！！”

“就是经常吃的那个！老婆婆，快去做那个！！就是那个，那个！！”

“喂！伊之助！！”

“你这人，说了半天就说了‘那个’，你要吃什么，好好说清楚啊。”

炭治郎和善逸都张口教训伊之助。阿寿婆婆反而像是听懂了一样点头说：“您说的是那个吧？我明白了。”

“您指的是天妇罗吧？裹着面粉炸的。”

“对！”

“好的好的……我会准备很多很多的哦。茶点心还够吃吗？”

“不够啊，赶紧把那个拿过来！！听懂了吗？是那个哦！”

“好的好的。是米饼吧，现在就为您准备……”

阿寿婆婆沉稳地应对着伊之助，之后离开了屋子。

也许和年龄有关，阿寿婆婆的举止稳重娴静，几乎不发出声音。

现在也是，悄无声息地拉上了门。

“她也真是厉害，居然能明白‘那个’到底是什么。伊之助基本上一直在重复‘那个’啊。”

善逸又是佩服又是茫然，盯着阿寿婆婆离开时关上的隔扇。

“确实……”炭治郎也点头同意。

而话题的对象伊之助本人还在大吃特吃，根本没听二人讲了什么。

刚来这里时，伊之助还大喊大叫，闹个不停。

“少开玩笑了!！穿着衣服待在家里根本就是拷问啊！我可不要!！你们！以为我是谁?！我可是山大王啊！”

如今——虽然还赤裸着上半身，但是看得出来，他已经习惯这里的生活了。

至少也能看出他并不觉得现在的生活是拷问。

能出现这样的改变，很大程度上是因为阿寿婆婆吧。

从三人抵达这座宅子开始，阿寿婆婆就没有对伊之助表现出哪怕一丝的恐惧。

阿寿婆婆既没有对瘆人的野猪头套表现出畏惧，也没有把伊之助的各种诡异行为当回事。她把伊之助当成亲孙子一样疼爱，全心全意地照顾着他。炭治郎想起阿寿婆婆的关怀，觉得心里流过一股暖流。

真的是十分感谢……

炭治郎发自心底地感激阿寿婆婆等人。

床铺干净整洁，浴室温暖舒适，这份尽心尽力的招待自不必说，也许是因为共同入浴，共进每餐，即使善逸的态度异常“狗腿”，伊之助又总是拿头撞人，炭治郎还是觉得三人的关系愈发亲近了。

最重要的是，他们二人都不厌恶身为鬼的祢豆子，而是很自然地接纳了她。

单这点就令人无比开心。

炭治郎想到此事，内心一片柔软。而此时——

“你这人怎么把包子全都吃掉了?！里面还有我和炭治郎的份啊！

“吵死了！怪就怪你自己磨磨蹭蹭!！”

“我怎么磨磨蹭蹭了?！”

“闭嘴，小子！这里是我的地盘!！”

“啊，是这样啊，抱歉啦。等下，这算怎么回事儿，还地盘——啊啊啊啊啊啊!!！”

“就凭你也想胜过我，一百万年之后再说吧!！哇哈哈哈哈哈哈!!！”

脸颊挨了一记的善逸发出奇怪的叫声，在榻榻米上翻来滚去。伊之助那宛如野兽的大笑回荡在室内。

……

炭治郎小小地叹了口气。

“伊之助，不可以打善逸。”炭治郎说着，介入仲裁。

每当善逸（有理有据地）指责伊之助时，总会被伊之助二话不说一顿暴揍，而此时，总是炭治郎出面负责调停。

对于他们而言，面对这样的情况也已习以为常。

“啊，那个新娘子，她可真是太漂亮了！”

“吃得超级满足。嗝——”

在从新娘家往回走的路上，炭治郎听着二人发表着风马牛不相及的感想，同时回想起新娘子烂漫纯真的模样。

新娘子身上还带着一股孩子气。但不愧是要嫁到想娶个漂亮老婆的镇长家的姑娘，她确实美丽得令人目眩。更不要说洋溢在脸上的动人笑容了，仿佛是在诉说着自己的幸福一样。

那笑容是如此夺目耀眼，以至于连黑色引振袖上飞翔的仙鹤和大朵花的刺绣，还有奢华的金线织花，都显得黯然失色了……

“她——”

“怎么啦？”

“不，没什么。”炭治郎轻轻地摇了摇头。

她也许和祢豆子年岁相当。

想到此处，炭治郎的心被揪了一下。

嗯？这种感觉？

有些疑惑的炭治郎轻轻掂了掂背后的箱子，重新背好。

只听箱子里传来咯啦咯啦的声响……是指甲在箱子内侧挠木板的声音。炭治郎听见这突如其来的声响，惊得几乎要跳起来。

本以为妹妹还在睡觉，不承想她居然是醒着的。炭治郎也说不清自己为什么会被吓一大跳。

“说起来，那个姑娘为什么穿成那样啊？”伊之助随口问道。

“穿着衣摆那么长的衣服，既不能爬树，也不能抓兔子捕鸟啊。”他歪着野猪头，满心都是不可思议。

“啊——所以我才不喜欢乡巴佬啊。”善逸听见伊之助淳朴的发问，叹了口气回答道，“因为她不会去山里面啊。那个姑娘呢，是要去大户人家当夫人的。她是要坐锦缎花轿的人，锦缎花轿懂吗？因为是美人，所以能嫁给有钱人。她今后会穿着漂亮的衣服，被当作花或蝴蝶那样，珍而重之地保护着。”

“说到底，她为啥要穿那么暗的衣服啊？她都不知道穿着黑色的衣服进山里很容易被蜜蜂盯上吗？那群人也是，既然要庆祝，准备点更明亮花哨的颜色不好吗？黑色多令人烦闷啊。”

“所以说，她不会去山里的好吗?！黑色引振袖和白无垢一样，是标准的新娘礼服啊。它的含义是‘不会染上你以外的任何人的颜色’。好像是这样？啊——我也好想听别人对我说这句话啊。最好是祢豆子对我说……嘿嘿嘿。”

善逸的语调从中途就变得尖细起来，他沉浸在自己的妄想里神魂颠倒。

“这家伙说啥呢。”伊之助一脸严肃地说，“真恶心啊……”

“唯独不想被你说恶心啊!！”善逸气呼呼地反驳，“你说是吧，炭治郎？”

“欸？”面对突如其来的意见征求，炭治郎反应慢半拍地搪塞道，“啊啊……我也不好说啥……”

炭治郎心里有股说不清道不明的躁动，令他难以静下心来。

总感觉……像是有什么东西堵在了嗓子眼儿里似的。

“你怎么啦？发什么呆呢？”善逸扯着炭治郎的羽织袖口，担心地问道，“发生什么事了吗？”

“估计是肚子饿了吧。”伊之助推测，同时大口吞咽着从婚宴上拿的年糕。

“他在婚礼上不是没吃东西嘛。明明那么好吃的东西都堆成山了，居然不多吃点。”

伊之助说着把年糕一口气全塞进嘴里，咚咚咚地捶着自己的胸口。

“仙二郎，你等我一下，我现在就冲回婚礼现场给你把剩下的食物拿过来！”

“不是！不用了不用了！”

好不容易回过神的炭治郎慌慌忙忙拦住暴走中的伊之助。

他可不能让伊之助在庆祝喜事的场合做出山贼一样的举动，否则会毁了这个幸福的婚礼的。

“你也甭跟我客气，照顾小弟是老大的本分啊。”

“我不是在跟你客气，我是真的不饿。”

“能吃到的时候不吃可是会后悔的哦！有那么大的肉块！还有堆成小山那么多的水果啊!！”

“我不是都说了嘛，我真的不饿啊，伊之助。”

即使炭治郎反复强调自己不饿，伊之助还是半信半疑。闹到最后，炭治郎只好低下头来求伊之助赶紧回去。

伊之助这才（不情不愿地）表示知道了。善逸有些担心地偷瞄着炭治郎的脸色。

“炭治郎，你怎么了？怎么觉得你从刚才开始就有点不太对劲？”

“不对劲？你说我吗？”

“嗯。总感觉能听到奇怪的‘声音’。”

“……”

炭治郎被吓了一跳。

善逸有着异于常人的敏锐听力，他能够通过“声音”来分辨他人的心情，和炭治郎对“气味”的敏感有异曲同工之妙。

而这样的善逸说炭治郎的“声音”不对劲。

炭治郎显得有些狼狈，一声不吭。

“我懂了！”仿佛是在说“你不用全部吐露出来也可以”一样，善逸一反常态，满脸严肃地凑近炭治郎，小声问道：“你是在想祢豆子的事情吧？”

炭治郎心里一紧。

看着无法立刻回答的炭治郎，善逸一边点头一边发出“嗯嗯”的声音。

他一副了然于心的模样：“估计就是想象着祢豆子出嫁的样子，想着想着就心里堵得慌了吧。”

“呃……”

“但是啊，炭治郎，你这样可不行啊。如果真的出现了祢豆子心仪的结婚对象，就算是为了她好，你也要坦率地送上祝福才对啊。”

“……”

善逸指出来的问题和炭治郎真正的想法有微妙的差别。

在善逸心里，身为鬼的祢豆子可以像普通人一样结婚，成为新娘子。但说到底，也只是因为善逸根本就没把祢豆子是鬼这个事实当真。

炭治郎打心眼儿里感谢善逸这种态度，不过他说的还是有哪里不太对。

更根本的问题，怎么说呢，有很关键的一点和炭治郎的想法不一样。

但是炭治郎也说不清到底是哪里不对。

像是鱼骨头鲠在喉咙里似的难受。

“嗯。总感觉能听到奇怪的‘声音’。”

“你是在想祢豆子的事情吧？”

明明只是一句无心的询问，为什么自己会有这么大的反应呢？

炭治郎十分不解地将手掌按在左胸上。“咚……咚……”心脏发出轻微的鼓动声。炭治郎试着去侧耳倾听。

但是他并不能听到善逸口中的那种“声音”。

“不过，这也是理所当然的吧？毕竟我没有善逸那样优秀的听力……我到底是怎么了？”炭治郎皱着眉头思考着。

在自顾自烦恼的炭治郎身边，善逸还在兴高采烈地描绘着祢豆子出嫁之日的情形，而伊之助也还是那个伊之助，和刚才一样滔滔不绝地说着婚宴的饭菜有多么好吃。

就在炭治郎还在烦恼怎么处理自己心中这种模糊的感情时，只听有人喊道：

“站住，明理！”

是小孩子稚嫩的声音。

“不是都说了不行吗？天马上就要黑了，鬼就要出来了啊。”

“但是我也想像阿丰那样，嫁给镇子里的大户人家嘛!！我不想干活啊!！”

“说了不行就是不行!！”

“小气鬼!！姐姐是个小气鬼!！”

“你说啥?！你有胆再说一遍试试!！”

抬眼看去，原来是两个女孩正站在路边争吵。

其中一个看上去大概十岁左右，另一个女孩估计七岁上下吧。她俩皱着眉头鼓着脸颊的样子简直是一个模子里刻出来的，应该是姐妹没错。

想要像阿丰一样嫁出去……是指刚刚那个新娘子吧？

炭治郎向着她们走了过去。注意到炭治郎的接近，更年幼的那个女孩立马抓住了年纪略长的女孩的袖子。

“怎么了吗？你们在吵什么呀？”为了避免吓到两个女孩，炭治郎蹲了下来。

年长的女孩迅速扫了炭治郎一眼，反过来问道：“请问是鬼杀队的大人吗？就是住在阿寿婆婆家的。”

“嗯。我叫炭治郎。你们两个是姐妹吗？”

“是的。我是姐姐，叫朱音。这是我妹妹明理。”

姐姐报上姓名之后，明理仿佛是在害羞一样躲到姐姐身后，将自己藏了个严严实实。然后只把眼睛露出来，偷偷看一眼炭治郎，就又躲了回去。

看到明理如此孩子气的举动，炭治郎不禁微笑起来。

六太也是这样的孩子啊。

不仅是六太，茂和花子、竹雄——还有祢豆子，他们都曾有过这样的时期。

炭治郎静静地回忆着过往，同时问道：“你刚刚说的阿丰，是这次要嫁去镇子上的那个姑娘吗？”

“是的。”

明理从姐姐腋下探出头来插话：“你听我说，阿丰她找到了挂金灯花蔓哦。”[①]

“挂金灯花蔓？”

炭治郎疑惑地歪了歪头。就算是从小在山里长大的他，也是第一次听说这个名字。

---

① 此处的花名“ホオズキカズラ”为作者原创，是将“ホオズキ（挂金灯）”和“カズラ（蔓草类植物）”组合在一起的名字，故译为挂金灯花蔓。

“是花还是什么的名字吗？”

“嗯。是花哦。”明理点了点头，伸出小小的手指指着近处的一座山说：“长在那座山里哦。听说只要拥有了挂金灯花蔓，就可以坐上花加了。”

“花加？哦哦，你是说花轿吧。”

“阿丰就是有了那朵花才能嫁去有钱人家的哦。”女孩得意扬扬地解释着。

“那不过是传说罢了。”她身侧的朱音皱着眉解释说，“是很久之前就在村里流传的传说了。说是‘这种花只在新月之夜绽放。如果能随身携带它，就可以嫁给所爱之人，变得比任何人都要幸福’。村里的老人们都说，阿丰之所以能被如此良缘眷顾，是因为她找到了挂金灯花蔓。结果这事儿被我妹妹听到了……”

“原来是这么回事。”

炭治郎想通了事情的来龙去脉，嘭地敲了一下掌心。

“因为今天是新月之夜，所以她才吵着要出去啊。”

“是这样。”朱音点了点头，看上去非常困扰，“她非要现在就去找花，根本不听我的劝告……都说了那不过是虚幻之花罢了。”

所以两个人才争执起来了吗？

虽然并不是什么大事，但现在已经是黄昏了。等天一黑，鬼就开始出没了。姐姐朱音的担心是正确的。

炭治郎看着紧紧贴在姐姐背后的明理说：“可是夜晚的山里很危险哦。”

“明理已经六岁了。”留着妹妹头的小姑娘一脸倔强地回话。

听到她这么说，炭治郎心里发笑，不过表面上还是端出一副认真的态度对着小女孩解释："就算是大人也还是很危险哦。"

"因为有鬼出没吗？"

"嗯。"

"嗯……鬼很可怕吗？"

"是呢。非常可怕哦。"

明理看着炭治郎一本正经的模样，也有些犹豫了。

"我明白了。"尽管十分不情愿，明理考虑过后还是懂事地说，"那我不去山里了。"

听到明理这么说，朱音总算松了口气："谢谢您。帮了大忙了。"

朱音深深地低下头致谢，然后拉着妹妹的手腕催促道："好了，该回家了。"

炭治郎目送着姐妹二人的背影离去。

"发生什么事了？炭治郎，那俩小孩子怎么了吗？"善逸走过来询问炭治郎，伊之助也跟在后面。

"她们问了你啥吗？"

炭治郎向二人讲述了刚刚发生的事。

"喊，无聊。不过是小孩子的迷信罢了。"

伊之助对此嗤之以鼻。与此相反，善逸倒是颇感兴趣。

"欸？这花儿的传说听起来很有意思啊。"善逸兴致勃勃地说，"可以和所爱之人结婚，变得比任何人都要幸福——真好啊。不过听了这个传言就能想到要坐上锦缎花轿，想得还挺美的哈。"

"这只是传说好吗，善逸？"

一想到善逸满心都是结婚结婚的，炭治郎赶紧给他打了个预防针。

毕竟他可是一个会哭着跟在路边刚刚见面的少女身后死缠烂打，非要让对方嫁给他的人啊。

“朱音都说了这只是虚幻之花罢了。”

“话是这么说，但是女孩子就是对这种充满恋爱元素的幻想传说什么的没辙嘛。”

“是这样吗？”

“嗯。你也知道她们还喜欢花占卜之类的吧？只在新月之夜绽放的花，一听就是女孩子会喜欢的东西啊……说起来，不都说在新月之夜许愿会成真吗……说不定这个花的传说是真的哦。再说了，不也有挺多传说都是有事实依据的嘛！”善逸用一副什么都知道的表情说。

“你真的知道很多事呢。”炭治郎夸奖着难得能这么条理清晰讲话的善逸。

“你！就算你这么夸我也没有任何好处哦!！”

被夸奖的善逸羞得满脸通红，发出令人不适的嘿嘿嘿的怪笑。

不过仔细想一下，善逸搞不好是怀着想要和女孩搭话的下流心思，才会这么了解女孩喜欢的东西的。但炭治郎还是十分佩服他的知识面。

这样啊，原来女孩子都喜欢这样的东西啊。

这么说来……

祢豆子也喜欢？

炭治郎感受着身后雾云杉坚硬的触感，眯起了眼睛。

他不禁把刚刚看到的阿丰那惹人怜爱的新娘装扮与祢豆子重合起来。

穿着黑色引振袖的妹妹微笑着……开心地、十分幸福地微笑着……

炭治郎想象着这幅画面，心中豁然开朗。

原来是这样啊……

炭治郎终于搞清自己心里那种模糊的焦躁感到底是怎么回事了。

“喂！我说你俩，别在那唧唧歪歪了。赶紧回老婆婆家吧！她准备好了裹着面炸的那个等着我们呢!！”

肚子咕噜噜叫的伊之助催促着炭治郎。也许因为想起了还称得上是大餐的饭菜，所以现在又饿了吧。

“快点，别磨磨蹭蹭的!！”

“我说，你怎么还要吃啊？”

善逸满脸都写着“你到底是有多能吃啊”的无奈，然后回头问还站着不动的炭治郎：“怎么了？要走了哦？”

“……”

“炭治郎？”

炭治郎犹豫了一下，还是说：“抱歉，我突然想起还有点事，你俩先回去吧。”

炭治郎留下这句话，就急匆匆地追着朱音和明理的身影跑远了。

“啊……找到了！在那里。”

因为分开也有一会儿了，所以炭治郎担心是否还能追得上两人。但是对方毕竟只是两个年幼的女孩，走得并不快，再加上自己那敏锐的嗅觉发挥了作用，炭治郎很快就追上了两人。

夕阳西下，两个小小的身影亲密无间，紧紧地牵着彼此的手。

“朱音小妹妹，明理小妹妹！等一下。”

听到有人叫自己，脸庞相似的姐妹俩回过头去。

两人都露出惊讶的表情。

“鬼杀队的哥哥？”

“请问怎么了？”

“能再告诉我一些关于挂金灯花蔓的详细信息吗？”

听到炭治郎的要求，这对年幼的姐妹茫然地睁大了眼睛，然后眨了眨眼。

当晚。

“呼呼呼……欸？真的？这种事……嘿嘿嘿……嘻嘻……欸？嘿嘿嘿……不行，祢豆子真是的……吼吼……”

善逸沉浸在这世间最幸福的美梦里，只见有人拼命摇着他露在被子外的肩膀。

“真是的……好烦啊……烦死……难得现在气氛正好……别打扰我们啊……伊之助……唔……呼呼呼……才没有那回事呢……哼哧哼哧……祢豆子真的是，好可爱啊……嘿嘿嘿。”

“……”

像是要从烦人的魔爪里逃走似的，善逸咕噜滚了一圈儿，然而这下换成了被咚咚咚地敲额头。

仍旧沉浸在美梦中的善逸皱起了眉头。

“嗯……什么？这次是，炭治郎？现在，我，正在和祢豆子谈论爱的柔情蜜语，你稍微回避一下好不好……嘻嘻……我说，祢豆子……”

咚咚咚咚咚咚。

“我啊，从第一次见到你的时候，就心动了……嘿嘿……嘿嘿嘿……没错……我是说真的……哦哟……是吧？我们的命运是连接在一起的吧……吼吼吼……”

咚咚咚咚咚咚咚咚咚咚咚咚咚咚咚——

“疼!！够了！我不是说了烦死了吗?！从刚才开始就一个劲儿敲我的脑壳!！怎么?！究竟想干吗?！是在找茬儿吗?！你们是对我有什么怨言吗——”

被不停地敲打着脑壳的善逸终于怒火满腔地睁开了眼。

但是——

“咦?！”

在一片漆黑之中凝视着自己的既不是伊之助也不是炭治郎，而是从箱子里爬出来的祢豆子。善逸在意识到是祢豆子的瞬间，怒火立刻烟消云散。

“祢，祢，祢豆子？怎……怎，怎么了？这么晚了还到我这里……”

善逸惊到飞起，脸红得像煮熟的大虾，狼狈万分。

“你该不会是，来见我的吧?！当然不可能……哈，啊哈哈……啊，难道是因为伊之助打呼噜实在太吵了？哈哈哈……这家伙也真是厉害啊。”

语毕，只见祢豆子摇了摇头，她那光滑柔顺的黑色长发也随之晃动。

“欸？不，不是吗？难道是，我?！是我吗?！是我打呼噜太大声了，还是说是我磨牙吵到你了?！对不起！”

善逸毫无意义地挥舞着双手，慌里慌张地道了歉。然而祢豆子再次摇了摇头，焦急地“呜——”了一声，伸出手指着善逸身边的被褥。

善逸停下了不自然的挥手，问道：“欸？怎么了，炭治郎怎么了吗？”

他看向炭治郎的被子，然后扬起了眉毛。

本该睡着炭治郎的被窝空荡荡的。

而睡在对侧的伊之助则是睡得分外香甜，鼻涕都吹出泡泡了。

祢豆子十分不安地四处张望。

善逸这才明白，原来祢豆子是在找炭治郎。

估计是祢豆子半夜从箱子里爬出来，可是并没有看到哥哥的身影，才把善逸叫起来的吧。

啊，祢豆子，果然好可爱啊……真的，真的是最喜欢她的哥哥了啊……啊啊……炭治郎，令人嫉妒……但是，她选择了依靠我而不是伊之助……啊啊，祢豆子，最喜欢你了！

善逸心里小鹿乱撞。

“炭治郎肯定是去茅厕了，很快就会回来了哦。”善逸羞红了脸，安慰祢豆子。

“呜——呜——”

祢豆子不知为何大幅度地摇着头，看上去十分气愤。

“呜——”

善逸察觉到祢豆子的举动很是异常，于是掀起炭治郎的被子，伸手摸了一下褥子。

“欸？”

好冷。冰冷的触感使得善逸脸上的红晕都褪去了。

褥子实在太冰了，根本不像是刚刚有人睡在上面的样子。

检查了一下屋内，发现炭治郎的队服和日轮刀都不见了，居家服反而被整整齐齐地叠起来放好。

“这是去哪儿了？炭治郎！”

善逸也开始担心。他“唰拉”一声拉开了面对着庭院的纸拉门。

夜色浓郁，更衬出一片星河灿烂。

“是这么回事儿啊……今天是新月之夜啊。”

下午发生的事猛然从善逸的脑海中掠过。

从看见新娘子时起，炭治郎的“声音”就变得有些奇怪。

传说只要得到了就可以和深爱的人结婚，变得比任何人都要幸福的花——挂金灯花蔓。

善逸说出“祢豆子”这个名字的时候，炭治郎的心跳骤然加快了。

说着有点事，然后去追赶女孩的炭治郎的背影，和在他背上摇晃着的木箱……

善逸回头看向祢豆子。

“那家伙，莫非——”

对炭治郎而言，比这世间所有事物都重要的——甚至比他自己更加重要的少女，此时正紧皱着眉头，攥紧了哥哥的被子。

映入眼帘的，是漫天的繁星。

“唔……唔……”

炭治郎倒在潮湿的土地上。

他从悬崖上摔了下来，而且悬崖比他预想得要高不少。

幸好坠落之处铺满了柔软的枯枝腐叶，炭治郎才得以幸免于难。不过他还是失去了一会儿意识。

“疼……”

炭治郎想要起身，却因为疼痛而忍不住发出了轻微的呻吟。

全身都很痛。

特别是肋骨很痛。明明都快痊愈了——要是再骨折一次，也太难为情了，也没脸去见一直尽心尽力照顾自己的阿寿婆婆。

真没想到自己居然会从悬崖上掉下来……

炭治郎为自己的锻炼不足而感到羞愧。他尽量放缓起身的动作，尝试着慢慢站起，虽然身上还是传来一阵阵钝痛，不过好像并没有骨折。

正当炭治郎安下心来的时候，他听到树枝发出了嘎吱嘎吱的声音。

从树枝后面缓缓出现了炭治郎掉落悬崖的原因。

看到此景，炭治郎忍不住露出微笑。

“没有受伤吗？真是太好了。”

那是一头接近成年人体形的野猪。它用鼻子发出呼哧呼哧的声响，对炭治郎怒目而视。

“今后可要小心一点哦。”

炭治郎微笑着对野猪讲话，回应他的仍是呼哧呼哧的声响。

时间倒转几刻钟——

为了寻找挂金灯花蔓，炭治郎气势高昂地冲进了山里。可是与炭治郎的预想不同，想要在夜晚的山林里找到一朵花并非易事。

虽说炭治郎也是从小生活在山里的，但他毕竟不是在这座山里长大的。

在根本搞不清要怎么走的山路上寻找一朵未必存在的花，这事比炭治郎想象得更需要毅力。

更不要说朱音和明理根本没有什么绘画才能，虽然她们很努力地画了图，可实际上根本没能起到什么作用。不过他还是从二人口中探听到了一些消息。

“据说这种花的叶子青翠欲滴，边缘是锯齿状的。”

“我还听说花瓣有五片哦，就像这样轻飘飘的花瓣。这样，你看，就是这种形状的花瓣哦。不，不对不对。都说了是这样的，这样。唉，画得好烂啊。”

“据说绝大部分的花是朱红色的。不过偶尔也能看见鲜红色和白色的花……要说其他特征的话……啊啊，想起来了，我曾经听说这个花的每一片花瓣的形状都像野猪眼睛，十分惹人怜爱。香味？是什么香味的我倒是没听说过……”

叶子的形状、花瓣的数量和颜色——炭治郎手里掌握的就只有这几条通过口头传达的信息罢了。正当炭治郎根据这些信息一步一步地寻找着挂金灯花蔓时，他突然看到茂盛的草丛后面露出了一个野猪的脑袋。

和伊之助的头套十分相似的野猪正呼哧呼哧地喘着气，全身都散发着愤怒的气息。

仔细一看，它的大腿根上有新伤，而且伤口很深。怪不得它会这么暴躁啊。

“你受伤了吗？乖啦，过来让我看看。没事的，不要怕哦……啊啊，不行。不能那样乱动，伤口会……危险——”

就在炭治郎安抚着受伤的野猪时，胡乱冲撞的野猪几乎要掉下悬崖，情急之下，炭治郎挺身而出，用自己的身体保护了它。

——时间回到现在。

“好嘞——这样就行了。今后你要好好注意，知道了吗？”

炭治郎帮安静下来的野猪包扎好伤口后，微笑着叮嘱它。

他越看越觉得它和伊之助很像。

“那我接着去找挂金灯花蔓了，你要多保重啊。”

就在炭治郎起身想要离开时，野猪突然一口咬住了炭治郎的羽织衣摆。

“哇！怎么啦？你是肚子饿了吗？但这个是羽织，不可以吃哦。”

“呜——”

野猪发出低沉的叫声，用力扯着炭治郎的衣摆。

“嗯？你是要我跟着你走吗？”

“呜——呜!!”

“好的。我懂了。”

炭治郎瞬间就理解了野猪想要干什么，于是点了点头。

野猪一副“就交给我吧”的样子，气势满满地走在前面，于是炭治郎放心地跟在后面。

走了挺长一段路，炭治郎终于看到了一个不大的洞窟，洞窟周围长满了郁郁葱葱的草木。

“啊……”

洞窟的旁边，朱红色的花开得正旺。

见此情形，炭治郎不由得睁大了双眼。

先映入眼帘的是翠色欲滴的叶子。五片花瓣随风舒展，每一片花瓣的形状都和野猪的眼睛相似。

炭治郎吞咽着口水。

“挂金灯……花蔓……？”

深夜的露水凝结在美丽的花瓣上，仿佛是灿烂的星辰散落在上面，美得不可方物。

一夜之间失去了家人——

当发现只有祢豆子还有着微弱的气息时，自己是多么安心啊。

无法形容的高兴，还有无法形容的被救赎了的心情。

说不定祢豆子是因为无法放下这个不成器的哥哥，才选择了宁可堕落为鬼，也要活下来的这条路……

每当想到这一点的时候，炭治郎就会因为对妹妹的爱与怜悯而控制不住想要流泪。

从小就受尽辛苦的祢豆子。

温柔到令人悲伤的祢豆子。

我发誓绝对不会再让任何人从你身边夺走什么了。

也绝不会让任何人伤害到你。

身为哥哥，我一定会让你幸福。

那些我没能为其他家人做到的，全部都给你！

“怎么了？他们……都已经起来了吗？”

一踏入阿寿婆婆家，炭治郎就注意到他们几个休息的房间里格外吵闹。

明明还是深更半夜，房间里就亮起了灯光，即使在走廊尽头也能听到讲话声。

“所以说，炭治郎肯定是去山里面找那个花了啊！没错，那可是夜晚的深山老林啊。如果有鬼出现岂不是超级危险吗？我要去找他，你也跟我来。你听懂我的话了吗？”

“啥？为啥我非得三更半夜去找那个什么炭治郎啊？想去你自己去不就行了吗？”

“不是都说了夜晚的深山超级可怕吗？！一个人去我会害怕啊！！”

“嘁……胆小鬼。说起来，为啥炭五郎要去山里啊？”

“都说了，他是去山里找那个花了啊！！你能好好听人讲话吗？！”

“花？豚太郎为啥要去山里找花啥的啊？这家伙怎么和大姑娘似的……”

“我猜，他应该是听了挂金灯花蔓的传言，想摘一朵给祢豆子吧。炭治郎可真是的啊。”

“挂青灯花麻，那是啥？是吃的吗？”

“是挂金灯花蔓！！下午的时候，村里那两个小姑娘不是说起这事儿了嘛。你在旁边也听到了吧？你还大口大口嚼着年糕呢。不记得啦？”

“年糕的事儿我还记得啊。超好吃。”

“伊之助只知道吃!!”

“你说啥?!”

（伊之助搞错名字的次数和方式也太夸张了吧……）

炭治郎咽了口唾沫，小心翼翼地拉开纸门：“我回来了……”定睛一看——房间内，伊之助正勒紧了善逸。

“呜啊啊!!!你在干什么啊！快住手，伊之助!!”

炭治郎慌里慌张地插入两个人之间。

“伊之助，快放开善逸。”

“你好烦啊，豚治郎!!这家伙骂我啊!!不把他揍趴下我咽不下这口气!”

“鬼杀队队员之间禁止争斗。这事儿我说了好多次了吧?!你现在就给我把手放开!!”

炭治郎大喝一声，总算将两个人分开了。

“呜呜……炭治郎。”

炭治郎一边安抚着在一旁咂舌的伊之助和抱着自己号啕大哭的善逸一边问：“说起来，祢豆子呢？是在箱子里吗？”

话音刚落，在炭治郎被窝里的祢豆子蠕动着探出了头。

“……”

“什么啊，原来你在那里啊。”

炭治郎放下心来，露出开心的表情。他兴冲冲地把藏在怀里好好保护的花拿了出来。花朵虽然有一点点皱了，但幸好还没有发蔫。

炭治郎用右手拿着美得无与伦比的花朵，递到妹妹眼前。

“这是我送你的礼物哦，是挂金灯花蔓。”

“……”

“只要拥有了这种花，就可以和喜欢的人结婚，变得比任何人都幸福哦。”炭治郎微笑着说。

但是等了许久，也不见妹妹伸出手来接。

“？”

也许是心理作用，炭治郎总觉得妹妹没什么精神。

说不定是因为自己没打招呼就消失，导致妹妹产生了不必要的担心。如果真是这样的话，确实很对不起她。

炭治郎把语气放得更加轻柔：“让你担心了，抱歉！花很美丽吧？”

“……”

祢豆子默默地盯着花，然后从炭治郎手中接过来，插在自己的头发里给炭治郎看。

祢豆子看到炭治郎脸上绽开了笑容，也跟着露出了微笑。

然后她把花从自己头上拿下来，插到了炭治郎的头发里。

“嗯？不是哦，祢豆子，不对不对。我不需要这个，这是给你……”

听到炭治郎这么说，祢豆子脸上的笑容消失了，取而代之的是皱成八字形的眉毛。

啊……

祢豆子的眼神看起来分外悲伤。炭治郎隐约觉得自己曾经看到过这种眼神。

妹妹沉默地看着哥哥，仿佛是在责备他。

但是妹妹身上的“气味”，隐隐有着怜惜的感觉。

“抱歉……”

炭治郎不知所措，沉默地回望着妹妹时，突然想起了一件事。

“不要道歉。哥哥，为什么你总是在道歉呢？”

炭治郎紧张地吸了口气。

虽然想不起来是因为什么，但那时候妹妹很难得地发火了。

妹妹很少见地露出了严肃的表情。她目不转睛地盯着哥哥。

那一天，想起来了——是寒气逼人的一天。

大雪纷飞，连骨头都快被冰冷的雪花冻僵了。

如果没记错的话，那时候父亲刚刚过世不久。

“因为贫穷所以才不幸吗？因为不能穿很漂亮的衣服，所以很可怜吗？”

妹妹瞪着哥哥，如此责问道。妹妹身上的“味道”，有愤怒，还有焦急。而凌驾在这两种感情之上的，还有悲伤。

“拼尽全力去做，结果还是不如人意，那也是无可奈何的啊。因为是人类，所以无论是谁……都无法让所有事顺着自己的心意走啊。”

回忆里祢豆子的身影与眼前的祢豆子重合了。

妹妹的眼中溢满了浓郁的悲伤，刺痛了炭治郎的心。

不是的。

不是这样的，祢豆子。

我，我只是……想让你变得幸福而已啊……所以才……

“自己是否幸福是由自己决定的。最重要的是‘当下’才对啊。”

“！！”

很久之前妹妹讲过的话在脑海中苏醒的一瞬——炭治郎的头像是被

狠狠击中了一样。

是啊……

因为家中贫寒，因为无法准备华丽的和服，因为只能每日劳作不停，因为大家深爱的父亲过世，因为让弟弟妹妹们忍受艰苦，炭治郎一直因为这些事而不停地道歉。看着这样的哥哥，妹妹对他说——

“不要再道歉了。”

“哥哥你能理解吧？你能明白我的心情吗？”

啊啊——

原来我们的心情是相同的。

祢豆子的心情和自己的是一样的。

无论如何都想要让祢豆子恢复成人类。

希望让她过上符合年岁的、幸福而璀璨的生活。

希望她能有心爱的男孩陪在身侧。

希望她能比这世上的任何人都要幸福……

炭治郎没有一天不这么想。

而祢豆子亦是同样的心情啊。

炭治郎为妹妹着想的心情，和祢豆子为哥哥着想的心情是一样的。

所以她才把可以带来幸福的花给了炭治郎。

现在依旧活着，并且还有未来的祢豆子，并不是不幸的少女。

虽然家人遇害，自己堕落为鬼，虽然现在的情况还很艰苦，可是主公大人认可了她，同意她成为鬼杀队的一员。还有为她着想的重要的伙伴和根本不在乎她是鬼、对她怀有爱恋之心的少年。

为了这样的妹妹能拥有幸福的未来，自己正在战斗——

炭治郎把妹妹拉到自己的身边，轻轻地抱住了她。

“谢谢你，祢豆子……”

祢豆子也紧紧地抱住了哥哥。

感受着身体相触的这份温度，炭治郎忍不住落下泪水。

炭治郎一语不发地抱着妹妹，过了许久……

“我说——”伊之助满脸不可思议地问道，“你哭什么呢？是哪里很疼吗？”

“伊之助，”被感动到跟着一起哭泣的善逸在听到这句话后小声地责备伊之助，“你就不能有点眼力见儿吗？如果你搞不清状况的话，至少也能做到闭紧嘴巴吧？”

“所以呢？为啥总一郎要去爬山啊？”

“我说你……我刚才讲了一大堆，你就没听进去吗？都说了他是为了去摘挂金灯花蔓才跑进山里的啊。”

“你看，就是那个。”善逸指着还插在炭治郎头发里的花说道。

伊之助懒洋洋地扫了一眼花朵。

“可是那花的名字并不是挂青灯花麻啊。”伊之助用一副无所谓的语气说道。

“欸？！”

炭治郎和善逸异口同声地叫了起来……

“是说，昨天真的，各方面都挺遗憾的。”

次日清早，炭治郎正坐在长凳上沐浴着阳光发呆，就听见善逸小心翼翼地和自己搭话。

庭院中央，伊之助一边全速奔跑一边大声喊叫着：“猪突猛进!！”

炭治郎身侧还放着祢豆子藏身的木箱。

事实上，昨天炭治郎摘来的花朵并不是挂金灯花蔓，而是名为“豕目花”[1]的一种花。

因为花瓣味道香甜可口，所以经常被啃噬得乱七八糟。但是不知为何，野猪并不喜欢吃这种花，所以野猪的巢穴周围总有豕目花盛放。

也就是说，昨晚那情况并不是野猪和炭治郎的心意相通了。野猪之所以招待炭治郎去自己的巢穴，只是为了报答救命之恩，感谢他为自己疗伤吧。

而且，这个花似乎不仅会在新月之夜绽放，在满月之夜也会绽放，好像白日里也十分平常地开着花。

“是因为我说了女孩子会高兴，说不定有这种花之类的话，才会搞成这样吧？怎么说呢，真的对不起。”

“不是啦，都是我自己任意而为罢了。你一点错都没有哦。”

炭治郎笑着回过头。

“昨天，你说了我的‘声音’听起来很奇怪对吧？”

“欸？啊，啊啊……我是这么说过，怎么了？”

“我当时，也不太清楚自己到底是怎么想的。看到幸福洋溢的阿丰姑娘——应该说看到美丽的新娘子，就觉得无法沐浴阳光的祢豆子格外

① 日文原文为“イノメモドキ”，意思是像野猪眼睛一样的花。此处译作豕目花。

可怜……”

无论是无法让她穿上美丽的和服，还是无法给她可以在阳光下自由行动的生活，还是让她卷入残酷的战斗，令她受伤，没能给她花季少女应该得到的任何一种欢喜与幸福……这一切的一切，都让炭治郎觉得十分抱歉，觉得无地自容，不知如何是好。

“但是，祢豆子……”

“……”

但是祢豆子并非那种认为自己不幸，总是自怨自艾的少女。

她和身为人类的时候一样，全心全意地活在当下。

更重要的是，祢豆子的幸福是由她自己决定的。

也许她的幸福是与相爱的人结婚，从此白头偕老，也许并非如此。

无论如何，她的幸福都不应该由哥哥擅自决定。

可是自己却擅自判断妹妹的当下是不幸的，并因此而怜悯她，将幸福强行推给她……

“我应该做的事，是打倒鬼舞辻无惨，哪怕早一刻也好，要尽快将祢豆子恢复成人类，并为家人报仇雪恨。”

“炭治郎……”

听到炭治郎表明自己会勇往直前的决心，善逸感动地吸了吸鼻子。

“我也会努力的哦。”善逸嗫嚅着说。

“虽然我超级害怕……实话实说，我根本派不上什么用场，还很弱，估计也活不了多久……也不期望你能对我抱有什么期待……但是只要是我能做到的事，我都会努力去做。”

“善逸……”

“我说真的，你最好不要对我抱有期待之类的感情。”

善逸说了两遍，是因为对自己没有信心吧。

即使如此，炭治郎还是为善逸的温柔而感到高兴。

“喂!！你俩也赶快跑起来！要跑到冒汗为止啊!！”

像是要吹飞这沉郁的空气一样，庭院里回荡着伊之助的大喊。不止庭院，嘹亮的喊叫声仿佛响彻了整个村庄。

“为了让我的小弟三号恢复成人类，就需要打倒鬼的老大对吧?！既然这样，不就只有变强这一条路可走吗?！别老是翻来覆去纠结这事儿了！”

“小弟三号是什么意思啊?！你怎么对祢豆子说话呢——”

看着义愤填膺的善逸，炭治郎在一旁笑出了声。

“确实如伊之助所言。”

伊之助的耿直，还有他从不迷茫的样子，让炭治郎觉得很是耀眼。

“必须，变强啊。”

“是吧！”

“你在说什么啊，炭治郎。你的肋骨还断着呢吧？明明都快要养好了。等下,我们本来是到这里来疗养的吧,为什么不跑到冒汗就不行啊？你从根本上就搞错情况了吧?！”

“喂！小弟们!！跟着我继续跑!!！”

善逸无可奈何的话语被淹没在伊之助气势汹汹的声音里。

只听风中传来——

“护送新娘的队伍要经过这里喽——”

是村子里年轻人粗哑的声音。

轻轻闭上眼睛——

眼前仿佛出现了新娘子出嫁的场景。

阿丰天真烂漫的模样。

阿寿婆婆温柔的笑脸。

注视着新娘的明理和朱音双眼放光，脸颊浮现出红晕。

炭治郎用手抚摸着身侧的木箱。仿佛是在回应他一般，木箱里传出了声音。声音很小，却格外温柔。

炭治郎露出微笑，抬头仰望着湛蓝的天空。

正是万里无云的好天气。

第2话

为了谁

“祢豆子，看路，注意脚下哦。”

脚下是一个不太明显的台阶。善逸刚一伸出手，祢豆子就立刻紧紧地握了上去。

（呜哇，这只手，是多么柔软啊……我，现在，正和祢豆子牵着手!!牵着手哟!!！呀——吼——）

感受着手中湿润的肌肤，善逸色眯眯地张大了鼻孔，细细体味着喷涌而出的幸福。

善逸白日里要接受严苛的全集中的训练，所以在月上枝头时和祢豆子出来散步的时间，对他来说是至高无上的幸福时刻。

当然善逸是得到了身为祢豆子的哥哥炭治郎还有宅邸主人蝴蝶忍的许可，才能这样大摇大摆地出门闲逛。

唯有此刻，善逸才觉得这世间一切都熠熠生辉。

连悬挂在夜空中的新月也像是在祝福他们一样。

“马上就到了有很多花盛开的地方了哦，你累不累呀？啊，那里还有很多白色三叶草哦！我用这个花给你编一个花环吧。”善逸面红耳赤地说道。

祢豆子仰起脸看善逸。她把形状优美的下颌抬起来，然后小幅度地点了点头。

看到祢豆子这副惹人怜爱的模样，善逸不禁感慨万千：“啊啊……活着真的太好了，没有就那样慢慢变成蜘蛛实在是太好了。”

“快来，祢豆子，这里！就是这里！”

踏入距离蝴蝶居并不远的原野的那一瞬，祢豆子的脸上突然绽出了光彩。

面对无数繁花，就连身为男性的善逸都看得入迷了，更不用说祢豆子这样的花季少女了。

淡淡的月光之下，祢豆子满心欢喜地四处张望，表情也逐渐放松下来。善逸按照约定采摘着白色三叶草。他想尽可能多摘一点，做好多好多花环给祢豆子。

（我以前，就只擅长这一件事啊……）

花环一定很衬祢豆子乌黑靓丽的秀发吧。

（先做一个全都是白色三叶草的花环，其余的花环里要不要加入一些别的花朵呢？这样一来花环也会更鲜艳吧。）

善逸一边想着一边问：“我说，祢豆子，你觉得哪一种花最——”

他本想询问祢豆子的意见，声音却戛然而止。

看到在白色三叶草周围悄悄绽放的黄色花朵的瞬间，本已被遗忘的记忆唐突地苏醒了。

那个花是……

那是在与炭治郎和伊之助相遇之前的事情了。

是在善逸跟着前任柱修行时发生的事。

“好了……总算是从爷爷那里逃出来了。”

善逸藏身树下，一面警惕地观察四周，一面放下心来叹了口气：“爷爷一定很生气吧。”

虽然有些愧疚，但他真的无法继续参加训练了。

他的“育士”，也就是师傅桑岛慈悟郎虽然上了年纪，但是身子骨硬朗。

“这点修行怎么可能会累?!”

虽然这句话只是师傅的口头禅，但是善逸觉得这次搞不好真的会死掉。说不定不只是被雷劈到导致头发都变成金色就能了事了。

（对不起了，爷爷……但是，说到底我也就是这种程度的人罢了……你就忘了——希望不要忘记我……如果你偶尔能想起我，那我就很开心了——真的对不起……我其实最喜欢爷爷了……但是已经到极限了。）

善逸一边在心里对师傅谢罪，一边急急忙忙地赶路。他想要在天黑之前下山，而现在已经是黄昏了。

总之，到了镇上之后，先去享用美味的包子吧。

也不用在半夜偷偷进行训练，可以睡个久违的好觉了。

去看个电影也是不错的选择吧。

善逸这么想着，下山的步伐也不由得轻快了起来。到了山麓附近，善逸却停下了脚步。

因为听力比任何人都要敏锐的他，听到了女孩悲痛的哭声。

“不好了！有女孩子在哭泣啊!!”

善逸像是变了个人似的，表情骤然严肃起来。他穿过树丛，跨过小河，越下山崖，飞奔向哭声的源头。

穿着洁白和服的少女，正蹲在草丛里抱着自己的膝盖哭泣。

“等下……你没事吧？你是哪里不太舒服吗？”

“……呜哇……”

被善逸突然的搭话吓到，少女抖了一下肩膀。

少女战战兢兢地回过头，看到善逸之后，像是安下心来一样放松了肩膀，再次哭了起来。

“呜呜，呜……”

“抱，抱歉！吓到你了吧?！我说，你，真的没事儿吗？哪里难受吗？”

面对善逸执着的询问，少女总算是抬起了脸。

不经意间，四目相对——

泪水濡湿了少女鸦羽般的纤长睫毛，她那动人的容颜足以闭月羞花。

哇啊啊……天啊!!

善逸的心脏像是被什么东西击穿了一样，他用手按住了左胸口。

不用说，自然是被恋爱之箭击穿了。

也许是因为善逸没有父母，在成长的过程中也没有体会过家庭的温暖，才造成了他这种比常人更加渴望恋爱和结婚，并且总是立刻就会坠入爱河的性格吧？

此时此刻，善逸已经爱上了眼前这名泪眼蒙眬的少女。

善逸手足无措地想着：我必须要阻止她继续掉眼泪。

“我，我说……如果方便的话，能告诉我你为什么哭吗？说不定，我能帮上你什么忙！”

“……”

“我叫我妻善逸，住在这座山上很高很高的地方，跟着身为‘育士’的爷爷学习剑术。”

“剑……术？”

想着也许少女会害怕素未谋面的陌生人，所以善逸先做了一个自我介绍。而听完这些之后，少女的“声音”发生了细微的变化。

像是在期待着什么一样的声音。

是在一望无际的绝望里，突然看到了微弱的希望之光时的声音。

善逸意识到，对于少女来说，自己就是那希望之光，于是激动得声音都变得高昂尖锐了。

“嗯？哪怕只是说说也好，说给我听听吧！”

面对善逸诚心诚意的询问，少女总算是停止了哭泣。

“我名为小百合。”

少女用颤抖的声音说出了自己的名字。

“我住在前面那个被紫藤花守护的村子里，和母亲、继父还有继父带来的两个姐姐一起生活。”

“这样啊，原来你叫小百合啊。好可爱的名字呀。那你今天为什么要跑来山里呢？而且还穿着这么不方便活动的衣服……”

因为知道了少女的名字，所以善逸开心极了。他抱着胳膊来回扭动身体，继续问道。

只见少女悲伤地垂下了眉眼：“实际上，前几天晚上，继父在这座山里遇见了鬼，好不容易才从鬼手里逃脱出来。但是继父和鬼做了约定，作为放过自己的代价，要将自己的女儿献给他……”

“欸欸?！献给鬼?！把小百合你吗?！这算什么?！好过分啊！也太过分了吧！”

“这也是没有办法的事……如果继父不在了，那母亲和姐姐们也无法继续生活下去了呀………”

“……”

小百合闭上眼睛，沾在睫毛上的泪水沿着脸颊滚落下来。

少女的长发在脑后高高梳起。她这美丽动人的身姿根本无法用语言形容。

因为少女的模样太过可怜，善逸想都没想就脱口大叫：“让我去吧！”

“就让我代替你去鬼那里吧。这事儿我三下五除二就能搞定！所以你在山脚这里等着就好!！”

虽然放出了豪言壮语，但是走在昏暗的山道上还没过多久，善逸就开始后悔刚才的冲动了。

因为要代替小百合去鬼那里，所以善逸和少女交换了衣服。和服的衣摆很长，拖在地上不仅十分累赘，还很容易摔倒。而且善逸背部还藏着刀，根本不可能做什么大幅度的动作。

最重要的是，善逸根本无法克制对鬼的恐惧。

（不行啊，我根本做不到啊！）

（一个人解决掉鬼什么的。）

（三下五除二就能搞定了?！说得倒是轻松!！）

（我根本就做不到这种事啊。）

（要不要现在跑回去跟爷爷道歉，然后让他陪我一起去呀……）

（但是，时间不够啊……）

（啊，我不行了……我，绝对，不行的啊。）

善逸理性地反反复复地哀号着。

他十分丢人地大声哭泣着，恨不得立刻逃走。

但是另一方面，他又十分清楚，能够擦干那名可怜可爱的少女的泪水的人只有自己了。

（小百合……她刚刚真的特别开心啊。）

当小百合听到善逸说会解决掉鬼时，忍不住放声大哭。大颗大颗的泪珠从她脸上滑落下来，她的声音里充满了明亮的希望和欢喜，同时又夹杂着抱歉、愧疚……还有一丝丝的迷茫。应该是把素未谋面的善逸推向危险的境地，而受到良心的谴责了吧。

她的声音很复杂，令人心痛。

（是个温柔善良的孩子呢。）

善逸想起离别之时，满眼泪光的小百合紧紧握住他的双手，恳请他多多保重——那时候她的声音在颤抖。

明明是一起生活的家人，但是继父选择率先牺牲自己。母亲将一切都看在眼里，却也没有出声阻止。即使如此，小百合也从未埋怨过他们。

正是因为她是这种人，善逸才发自内心地想要为她做些什么。

但即使怀有对少女的爱慕之情，也具有男子汉的气概，善逸仍然对恐惧毫无办法。善逸向着鬼跟少女的继父约定好的位置前进着，途中时不时产生逃跑的想法，每当此时他就会停下脚步。

夜空中只有一弯细细的月牙悬挂着。

善逸抬起头从交错的树枝缝隙仰望着天空。

（希望是一个弱小的鬼!！）

他如此祈祷道。

……有鬼的声音。

“呜哇……”

受到惊吓的善逸险些叫出声来。他慌忙用手捂住了嘴。

他能听到鬼的声音——用舌头舔着嘴唇，等待着美丽的少女前来。那声音里充满了贪婪和残忍。

善逸害怕得牙齿都在打架，他颤抖着停下了脚步。

他无法继续向前走了。无论多么努力,也无法让自己迈出哪怕一步。

善逸屏住呼吸，站在幽暗的山林里一动不动。此时，茂密的树丛后面，身形巨大的鬼现出了身形。它的身形异常奇特，只需一眼就能明白这是鬼。它的后背上长着一条格外骇人的粗壮胳膊,一共三条胳膊,都握着巨大的镰刀。血盆大口一直咧到耳根，脸上有六只小眼睛，正闪烁着残忍的光芒。

（完了……我，这下真的，要完了。小百合……对不起。）

面对仿佛要穿透云层似的高大身躯和那异常骇人的模样，善逸抑制不住地颤抖着。

“哈啊哈啊哈，哈啊哈啊哈啊哈啊，哈啊哈啊哈啊，哈啊，哈啊，哈啊哈啊——”善逸口中逸出了惊惧交加的粗重喘息声，一点也不像是一名少女能发出的声音。

“你就是那个老头的小女儿？”鬼用粗哑的声音问道。

善逸吓得心脏险些就从嘴里飞出来了。好不容易控制住自己的惊慌，善逸勉力回答道：“是……是是是是是的。”

但他还是没能控制住不自然上扬的语调：“我，我，我名为善子。”

鬼瞥了善逸一眼，颇为怨愤地舔了舔嘴唇：“那个老头，为了能得救居然撒谎。这么一个丑丫头，居然还说是村里第一的美人。”

为了代替小百合，善逸把自己的头发都扎了起来，还把红色的花瓣碾碎，将汁液涂在脸上当胭脂。但是无论怎么看，也不过是粗糙的男扮女装罢了。

听说有不少鬼喜欢年轻美丽的女性，眼前这个鬼也有着同样的嗜好吧。期待落空的失望和愤怒紧紧压迫着善逸。

善逸因为恐惧而颤抖个不停。

“算了，先这样吧。总之先把你收拾了算了。等到那令人厌恶的紫藤花谢了之后，我就当着那个老头的面，把他剩余的两个女儿还有老婆全都抓走，作为愚弄我的惩罚。”

鬼擦拭着横流的口水，威胁似的说道。

它的声音里充满了残忍的愉悦。

那声音没有一丁点儿的温度。

“呜啊啊啊啊——”

巨大的恐惧冲击着善逸，终于导致他放弃了思考。

脑海中传来什么东西绷断的声音。紧接着，善逸的意识陷入了一片黑暗之中。

“呜哇?！”

因为听到了什么东西落地的冲击音而苏醒的善逸，猛然看向了周围。紧接着他发现了倒在自己脚边的鬼的身体。

“呀——”

尖叫声在整座山林里回荡。

“怎么回事怎么回事?! 为啥这样了?! 突然怎么了?! 我受够了!! 受够了啊!!!”

善逸大声哭号着。

尽是些自己不能理解的事。

无论是为什么鬼倒在地上这件事，还是本应该藏在背后的刀现在被握在自己手中这件事，还有白色的和服被战斗的痕迹弄脏了这件事。

“是谁救了我吗?! 喂，你在哪?! 就算是我这样的人，也有人愿意来救我吗?!”

善逸哭喊着望向四周，然而周遭一个人影都没有。

善逸恍然大悟。

啊!!

在这个世上，愿意救自己的不是只有一个人吗?

“是爷爷……”

善逸眼中再度涌出了泪水。

估计是想要带自己回去的慈悟郎将自己从鬼的手里救了出来，察觉到自己行动的理由之后就隐藏身影了吧。

善逸心里充满了对爷爷的感谢和愧疚。

“爷爷……谢谢你……我和小百合，绝对，会幸福的……一直以来谢谢你了……愿意帮助我，真的……十分感谢。你要，保重身体哦。”

善逸一边哭一边把刀收回刀鞘。仿佛是要切断对爷爷的留恋似的，他对着幽暗的树丛尽头深深地鞠了一躬，然后离开了此地。

待善逸的身影消失之后，树丛深处一个拄着拐杖的身影动了。

“……真是个愚钝的弟子。”

低沉的声音里带着一丝郁闷：“我都说了你有着不输给任何人的才能，你为什么就是不明白呢——”

小百合还在等待着自己。

就在前方，小百合还在等着自己归去！

握着在赶往山麓的途中采摘的黄色百合花，善逸恍然如在梦中。

“谢谢你……善逸。我喜欢你。”

善逸脑海里浮现出小百合喜悦的脸庞，自顾自地害羞起来了。“嘿嘿嘿嘻嘻……”善逸口中发出了令人毛骨悚然的笑声。

山路尽头有个披着善逸衣服的身影。

“啊！小百合——”

善逸刚想要大力挥手，却在距离小百合不远的地方停住了动作。

小百合并不是独自一人。她的身旁还站着一名淳朴的青年。二人都用不安的眼神望着善逸。

“善逸先生……”

“……”

小百合的眼里涌上了泪水。

这一瞬，善逸突然全都理解了。

小百合察觉到善逸对自己除了同情和善意之外还有着好感，因此才愿意挺身而出，从鬼手中救下她。可是她已经有所爱之人了。

所以当时小百合的声音才会听上去那么复杂，那么令人心痛吗？

小百合并非故意欺骗善逸。

她只是没有说明罢了。因为想要活下去，因为终于抓住了救命稻草，所以选择了沉默不语。

小百合与那个为了跟喜欢的男人逃跑而骗取善逸钱财的女人不同。

她的声音也清晰地传达给了善逸。只是善逸按照自己的想法擅自曲解了她的感情罢了。

现在小百合的声音也在反复诉说着自己的歉意——对不起，对不起。

她的声音听上去如此悲哀——

小百合并没有做错什么。

善逸高昂的兴致逐渐冷却下来，心里像是扎了根刺一样疼痛。即使如此，他还是面带微笑向着少女走去。

“鬼已经被我击倒了哦。不用再担心了。”

“谢……谢谢你……谢谢你。”

“万分感谢！”

那名青年看上去像是打算下跪似的。

“这份恩情没齿难忘！我会将她从那过分的继父家带走的！真是太感谢您了！鬼狩大人！”

（好烦啊……！我又不是为了你才努力的！我是为了小百合才这么拼命的！虽然实际上鬼是爷爷解决的！可恶！看着也不是什么男子汉，就是个普普通通的好人……这点反而更让人不爽啊！）

善逸内心血泪横流，他悄悄地把百合花藏在了身后。

“善逸先生……我，那个……很抱歉……”

"……"

"真的……对不……起。"

少女的眼泪啪嗒啪嗒地滴落下来。

不断责备着自己的小百合的声音，听起来令人难过。

"小百合，你要幸福……"

"嗯……"

小百合一边哭泣，一边反复低头道歉。

最终，他们二人依偎着回到了村里。

善逸面带微笑目送他们。

"呜呜,呜……"等到只剩他一个人的时候,善逸的泪水才喷涌而出。

被泪水模糊了的视线里，隐约能看到为了小百合而采摘的花朵。

黄色的百合花。

花语是——

"朝气"与"谎言"。

呜!!

胸中隐隐作痛，想要把花扔到山路上……还是没能这么做。

善逸在月光之下拼命忍着泪水，突然，身侧出现了人的气息。

不知何时，慈悟郎站在了那里。

他的声音十分严肃、恐怖，却又格外地温柔。

善逸战战兢兢地张开了嘴。

"那个……爷爷，我……"

"你怎么回事!!!"

慈悟郎一声怒喝，吓得善逸一动也不敢动。

“我已经说了那么多次了，你又逃跑不修行！而且你这是什么奇怪的打扮！丑也要有个限度！”

“呜……万分抱歉！”

“真是的，有个你这样的弟子真是够受的。”

慈悟郎愤怒的话语里掺杂着叹气声。

善逸简直觉得无地自容，缩成一团。

“但是你也不单纯是无能。”

“欸？”

“是太无能了。”

“……”

善逸将身体缩得更小了。

慈悟郎稍稍放缓了语气：“你是个善良的人啊。”

“爷爷……”

善逸惊讶地抬起头。慈悟郎将手掌覆在善逸的头上。

是一只又大又粗糙的手。

是身为前任柱握刀斩鬼、救助他人的手。

是善逸做梦也渴望拥有的手。

是他憧憬的人所拥有的强大而温柔的手。

“没有对那个姑娘见死不救，你做到了。没有输给自己的恐惧，去拼命战斗，你也做到了。”

“……救了她的，是爷爷啊。我，什么都没能做到。”善逸垂头丧气地说道。慈悟郎一脸茫然与无奈：“什么啊，你一直以为是老夫解决了鬼吗？”

“欸？但是，就是这样吧？是爷爷你在我昏迷的时候——”

“打败鬼的人，是你啊，善逸。”

“欸？”

没能理解情况的善逸瞳孔剧烈地震动着。

（欸？什么情况？那个鬼明明是爷爷打败的啊。为什么要说是我打败的呢……欸欸？）

混乱了一段时间之后，善逸终于想通了，这搞不好是精神论主观论之类的东西。

（因为我没能从鬼手中逃脱，所以爷爷来帮助我了——所以他才说这跟你打倒鬼没啥差别，是这个意思吗？爷爷肯定是想这么说吧？爷爷这种说法也太拐弯抹角了，我根本搞不懂啊。）

善逸自顾自地做出了解释，然后点了点头。

“善逸。”慈悟郎叫着弟子的名字，是剑术修行时严肃的语调。

“你知道优秀的剑士是什么样的吗？”

“欸？当然是很强的剑士吧。就像爷爷一样。”

听到善逸的回答，慈悟郎有些不好意思地红了脸。

然后他重重地咳嗽了，继续问道：“那么，对一名强大的剑士来说，必不可缺的东西又是什么呢？”

“欸？是……是……”

“是温柔。”

面对嗫嚅着的善逸，慈悟郎开始了谆谆教诲。

“温柔的人往往有着无比强韧的内心。为了他人而挥动的刀，才是这世间最强的刀。你要成为这样的人。”

总是气冲冲的老师如今正用无比温柔的眼神望着自己的不肖弟子。

“无论何时，都要心向弱者，理解他们，成为他们的盾牌。正因为你知晓何为弱者，才能做到此事。”

“……”

善逸望着注视着自己的柔和双眼，听着教诲自己的温柔话语，一股暖流从他的喉头涌上眼角，他觉得鼻子一阵酸痛。

“只要不失去这份温柔，那么你一定会成为一名优秀的剑士。”

“爷爷……”

大颗大颗的眼泪滴落下来。

“我……我……”

慈悟郎温柔地将手放在了抽抽搭搭的善逸的金黄色头发上，轻轻地抚摸着他。

那一夜也同今夜一样，弯弯的月牙高悬于天空。

小百合，她之后怎么样了呢……

善逸眯起眼，望着在风中摇曳的黄色花朵。他感觉到袖子被一下一下地拉扯着。

扭头一看，映入眼帘的是祢豆子不开心的表情。

他这才从回忆里回过神来。

“啊，抱歉，祢豆子！我现在就给你编花环哦。”

“呜!！”

“作为发呆的赔礼，我给你编一个超级漂亮的花环好不好呀？对了，要不给你哥哥和伊之助也编一个吧？”

听到善逸轻快明朗的话语，祢豆子也露出了开心的笑容。

“呜！”

“哈哈哈。”

被祢豆子的笑容所感染，善逸也不禁微笑起来。

小百合一定和那个温柔的恋人幸福地生活在一起吧。

虽然自己距离成为那一日爷爷口中强韧的剑士还有很长很长一段距离。

虽然自己还是一样弱小、爱哭、胆怯，总是在逃跑。

说实话，他甚至不明白自己是否是温柔的人。

但是，总有一日……

绝对会。

少年一边在心中起誓，一边为可爱的少女摘下了这片原野上最美丽的花朵。

第3话

占卜骚动颠末记

“你命犯桃花。”

“欸？”

熙熙攘攘的人群中传来了可怕的声音，炭治郎因此停下了脚步。

身侧的善逸和伊之助也跟着停了下来。

炭治郎东张西望地寻找着声音的源头，只见一个身形瘦小的老妇人伫立在十字路口。

她头发花白，穿着一身淡紫色的和服，脸上布满了皱纹。

“……”

炭治郎用询问的眼神看向她，只见她轻轻摇了摇头。

“并不是你。”她干脆地说道。

炭治郎闻言看向伊之助。

“也不是那个野猪头，是黄色头发那个。”

“欸？”

从刚才起，善逸就摆出一副反正与我无关的表情呆立在一旁。听到老妇人这么说，善逸大吃一惊，用食指指着自己的鼻尖问道：“欸？难，难道是……不会是说我吧？”

“是的。”

老妇人煞有介事地点了点头。

“老人家，您能告诉我命犯桃花是什么意思吗？”

听到炭治郎询问，老妇人一脸严肃地回答道：“命犯桃花的男人，如果被女人爱上了，就会遭受厄运。那个少年的面相显示他有一场桃花劫。”

“啥啊，这个老婆婆说啥呢？也太可疑了吧?!”

“伊之助!”

炭治郎训斥着伊之助的无礼。

“不知礼节!”

老妇人用可怖的声音训斥道。炭治郎和善逸都被吓得一个哆嗦，只有伊之助根本不当回事。

“那叫你老爷爷?”伊之助满不在乎地回应了一句，接着说，“怎么叫你不都没差嘛。反正老了就是老了啊。”

“我不会害你。今日你万万不可接近女人。”

看来老妇人是打算无视伊之助了。

老妇人仿佛要把善逸盯出洞一样，死死地盯着他。

“你必须尽量避开女人。”老妇人语气沉重严肃地警告善逸，“可能的话，甚至连说话都要避免。”

“这也太夸张了……”

善逸底气不足地笑着征求炭治郎的同意:“你说是吧?”然而老妇人的下一句话，让善逸彻底僵在原地。

“你，会倒霉。”

“!!”

“万一有女性对你心存好感，那么毫无疑问，你会倒霉。而且还是你能想象到的最糟的霉运。你可千万要铭记在心。”

老妇人这么说着，伸手在怀里摸索。

然后她掏出了一块破旧的牌子。

牌子磨损得很严重，泛黄的纸面上写着一些文字，但是几乎无法辨认出写的是什么。

“虽然只能起到安慰作用……你拿走吧。”

老妇人将牌子塞到善逸手中，然后从三人面前离开了。既没有索要占卜费用，也没有让他们出牌子钱之类的巨额费用。也正因此，反而更让人觉得毛骨悚然。

善逸仍旧僵在原地，仿佛灵魂出窍似的一动不动地立在那里。

“善逸……？”

炭治郎小心翼翼地询问道。

“呀——”

像是撕破丝绸时发出的声音——过于刺耳的尖叫声在人群中扩散开来。

“这算什么，真的……这算怎么一回事？说我会倒霉……超可怕啊啊啊啊啊啊啊啊啊啊啊啊啊啊！”

善逸紧紧攥着炭治郎的羽织衣摆，鼻涕眼泪糊了一脸，口水也都沾在脸上，看上去格外狼狈。

“明明都要回去了……为什么，要说我会倒霉？也太莫名其妙了吧！莫名其妙！！”

“善逸……”

炭治郎也并非不能理解善逸的心情。

昨晚，三人在结束了郊外的任务后，就近找了一户印着紫藤花家纹的人家休息了一晚。现在他们刚买好特产，走在返回蝴蝶居的路上。

“如果不妨事的话，想请你们回来时买点点心什么的。”

蝴蝶居的主人蝴蝶忍拜托他们。

自无限列车任务之后，三个人都憋着一股猛劲儿从早训练到晚。让他们出来买东西也许是蝴蝶忍不露痕迹的关心吧。

不愧是大城镇，新奇有趣的玩意儿不胜枚举。

伊之助开始还对比肩接踵的人群充满了畏惧，胆怯地躲在炭治郎背后，很快也变得异常兴奋了。

“喂！那是啥玩意儿？”

“马身后拉着一个超级大的箱子啊！”

“这群家伙，都是啥奇奇怪怪的打扮啊？！”

“总觉得什么好香啊！是裹着面衣的那个吗？”

三人之中只有善逸习惯了都会的生活，他一脸嫌弃地说：“真丢脸。”不过在给蝴蝶居的女孩子带礼物这件事上，他倒是格外上心。

善逸一边回想着经常摆在蝴蝶居桌子上的甜点，一边说着这个也不行，那个也不行。结果还是决定买最不会出现差池的包子。

在很受女性欢迎的店里买了几人份的包子，三人总算决定回去了。就在此时，善逸被说会走霉运。

就算不是善逸，其他人也会惊慌失措吧。

“不要啊啊啊啊啊……为什么，为什么是我?！喂，为什么?！喂，为什么啊?！呜啊——呀!!!”

“善逸，冷静一点。”

“吱哇乱叫的，太吵了。”

炭治郎在一旁安慰着抽抽搭搭的善逸，而伊之助只想立马解决此事：“是男子汉就不要婆婆妈妈的，摆好架势上就行了!!”

“好过分!!”善逸瞪大了眼睛，“伊之助，你太过分了!! 虽然我隐隐约约能理解你说的，但就算如此，你也太过分了吧?! 我可是搞不好会倒霉的啊！而且，还是很糟的霉运啊!!”

“伊之助,你也多体谅下善逸的心情。”炭治郎觉得善逸确实很可怜，实在看不过去，介入了调解，“突然听到那种话，任谁都会吃惊，都会害怕吧。”

“不过是老太婆在胡说八道罢了。”

“不是胡说八道，是占卜啊。”

“都差不多嘛。”伊之助冷淡又不屑地说。

炭治郎想，说不定伊之助其实并不知道占卜到底是什么，于是说：“伊之助，你听我讲，所谓占卜呢……”

炭治郎正打算告诉伊之助占卜的意思，就被他截断了话头：“不就是信则有不信则无吗?”

看来伊之助并非对占卜一无所知，炭治郎很是意外地瞪大了眼睛。

“伊之助，你竟然知道啊。”

“还行吧，毕竟我可是你们的老大啊!”

听到炭治郎夸奖自己，伊之助得意地挺起胸膛说：“有个不成器的小弟真是不容易。”

如果是往常，听到这种话，善逸一定会大声吐槽：“你算什么老大啊?!”“所以说，我才没有当你的小弟的打算!”但是现在的善逸仿佛一只被逼到绝路的小动物，瑟瑟发抖地竖起耳朵听他俩讲话。

炭治郎思考了一会儿，认同地点点头。他转过去和善逸说："确实如伊之助所言，善逸。"

被叫到名字，好友又是一抖，怯生生地望着炭治郎不说话。

"这个世上没有百发百中的占卜师。根本就不可能有这种人。"

炭治郎对着善逸说道。

如果有人能做到这一点，那他就不是人类，而是神明了。

只是这令人汗毛倒竖的事情发生得太突然，才导致不仅是善逸，连炭治郎都慌了神的情况。

只要明确意识到这只不过是占卜而已，就没有必要惶恐至此。

"你……你说得对。"善逸听完，总算是露出了安心的表情，吸溜着鼻涕说："被你这么一说，我也觉得，那个老婆婆看上去就很可疑，是吧？她绝对，是个大骗子——"

"听说那个十字路口有个绝对会应验的占卜师？"

女子轻快愉悦的话语像是要盖过善逸的声音似的传了过来。

"？！"

善逸吓了一跳，僵硬地躲到了炭治郎背后。炭治郎和伊之助望向声音的来源，只见衣着鲜艳华丽的少女们一边嬉笑着一边向这边走来。

"是的。听说是一名头发花白穿着淡紫色和服的老占卜师。"

"真的是百发百中吗？"

"听说是真的。我认识的某个人在听了她的话之后，真的有了一段美丽的邂逅，过了半个月就结婚了！"

"啊啊……真好呢！"

"但是，听说也有人不信那个占卜师的话，结果受了很严重的伤呢。"

“天哪，也太可怕了！”

“安心啦，只要遵从她的嘱咐就不会有事哦。”

“嗯？不过没看见你说的那个老占卜师呢！”

“真的哎，她到底去哪儿了呀……”

两名少女正顶着可爱的脸庞四处找寻着占卜师的身影。

善逸死死地盯着她们。

但是，并不是往常那样猥琐的眼神——或者说，不是鼻孔大张嘴角下咧色眯眯地盯着人家。善逸一脸僵硬，脸色也如蜡烛一般惨白，额头上都是冷汗。

总觉得能听到嘎吱嘎吱的奇怪声音，仔细一听，原来是善逸牙齿打战的声音。

这下糟了……

“善——”

炭治郎想要唤回善逸的注意，只听——

“呀啊啊啊啊啊啊啊啊啊啊啊啊啊啊啊!!！”

从善逸嘴里发出了仿佛鸡似的悲鸣。

周围的视线瞬间全都集中在了他身上。

刚才的两名少女也如受惊的兔子一般尖叫着飞快地逃走了。

“你看啊！我就说啊，你看！真的会应验啊！她们都说了是百发百中了啊！”

“你振作一点！”

善逸像虾似的往后仰着栽倒在地。炭治郎抱起好友，用力扯着他的脸颊。

炭治郎本来是想让晕过去的善逸恢复意识，没想到善逸一醒来就大喊大叫。

“什么?！你突然，干吗呢?！”

“你坚强一点！”

“坚强不了啊！话说，好痛啊！”

“不要输给占卜什么的，善逸。”

“做不到啊！那两个女孩都说了会应验啊！我会倒霉的！果然我，会倒霉啊！今天！呜嘻嘻嘻嘻……”

因为过于恐惧，反而发出了奇怪的笑声。

炭治郎已然束手无策了。从刚才起就一声不吭的伊之助吐了一下舌头说:“嘁，真丢人啊。小弟们。”

“我说你俩啊。纹逸这个家伙就不说了，怎么连总一郎你都跟着犯蠢。你没好好听那个老婆婆说的话吗?”

伊之助将他的野猪头靠近二人。

炭治郎疑惑地皱起眉头。

“伊之助，你指什么事?”

“所谓桃花劫，是要女的喜欢上男的，男的才会遭受灾厄，对吧?”

“嗯嗯，她确实是这样说的。”

那名老妇人说善逸的面相呈现出桃花之灾。

“那不就好了，你觉得这家伙会遇到这种事?”

“……”

“都是胡话。毋庸置疑。”伊之助干脆利落地断言道。

炭治郎迟疑了一下，然后点头说:“确实如此。”

“好过分！”善逸吵闹起来，“你们俩，再怎么说，这种话都太过分了吧?！这算什么?！意思是说我不受欢迎?！说我根本不会被女性喜欢上?！伊之助就算了，连炭治郎都这么觉得吗?！明明长着一张单纯的脸！可恶啊!!!”

善逸悲鸣着，仿佛都要流出血泪了。

“不。我们不是，这个，意……”

不会说谎的炭治郎因为无法做出否定而陷入窘境。“总而言之，”炭治郎狼狈不堪地说，“我们赶快回蝴蝶居吧。”

蝴蝶居有忍在。

只要听到忍用她温柔的声音说“占卜什么的不用介意，不用介意哦”，那善逸也会冷静下来吧。接着只要等待今天过去，到了明天，善逸甚至会连占卜这件事都忘得一干二净吧。

就在炭治郎思考这些事的时候，善逸又开始了。

“不行!!”善逸跳起来大喊，“不能回蝴蝶居啊，炭治郎!!”

“为什么?”炭治郎没料到善逸居然会驳回他的提议，十分迷惑地看着善逸，“为什么不能回去呢?”

“我说你……这都想不明白吗?！蝴蝶居里有六名女性啊！你听好了，是六名啊！”

善逸掰着指头数：忍大人、叶樱、小葵、小清、小澄、小奈穗。

善逸数完之后，炭治郎还是一脸茫然，不懂他想要表达什么。伊之助也一样，满脸都写着“这家伙是在说啥呢”。

“善逸，她们都在，所以呢?”

“万一和她们产生了爱情的萌芽可怎么办啊?！要是我被告白了可

怎么办啊?!那我不就要倒霉了吗?而且对她们来说也是一桩悲剧啊。只是因为喜欢上了我，就导致了我的霉运。这种事，也太悲惨了!”

就算善逸解释了一下，炭治郎他们还是没能理解他在说什么。

“这家伙还是一如既往地令人恶心啊。”伊之助在一旁小声说道。

炭治郎不知道该对这个可怜又可悲的好友说什么。

“就这么定了。”善逸用奇怪的声音嘟囔着。然后他宣布道:“今天一整天，我都要避开女孩子。要彻底避开，彻彻底底地避开!!炭治郎和伊之助，你俩要保护我，免得有女孩爱上我!听懂了吗?!要尽全力保护我哦!为了祢豆子，我也得好好活下去啊!”

“我们干脆就把他扔在这儿吧。”

“不……这样不好吧。”

伊之助和炭治郎的对话并没有传到善逸的耳朵里。

估计是沉浸在有关祢豆子的妄想里了吧——善逸因妄想的场景而满脸热泪。

从旁人的角度来看，真的是挺恶心的。

“那就把他随便扔到哪里呗。”

“都说了这样不太好了，伊之助。”

“没关系哦，祢豆子。我绝对，不会倒霉的!我绝对会挺过这场危机活下去，让你变得比这世上任何一个人都要幸福!你就安心吧，嫁给我吧!!”

无论是伊之助刻薄的话语还是炭治郎困扰的表情，善逸都完全没有在意。他沉浸在自己的妄想里，握紧了右拳，泪如瀑布一般哗啦啦地流淌着……

“欢迎光临。”

刚进入店门，就见女接待员满脸微笑地迎接刚到来的客人。

这是一家正对着大马路的咖啡馆。

因为善逸死活都不肯回蝴蝶居，而伊之助又嚷嚷着肚子饿了，炭治郎为了满足他俩的要求，带他们来到了咖啡馆。但是刚一进门，炭治郎就发现自己选错了地方。

怎么办啊，这里全都是女性啊……

因为是位于大都市的很有情调的咖啡馆，所以店内几乎都是女性客人。

穿着华丽的妙龄女郎们正从较远的座位上望向这里。

带着柔和微笑的女店员身着和服，胸前还挂着西洋风的白色围裙。她乌黑亮丽的头发高高梳起，用温柔的眼神望着炭治郎。

“请问几位？”

听到女店员的询问，果不其然，紧紧抱着炭治郎右手的善逸攥着从老妇人那里拿来的破破旧旧的纸牌抖个不停。

不仅如此。

“呜咦——”甚至还开始发出了威吓般的怪音。

“呀！”

女店员的笑容瞬间凝固了。

“十分抱歉。”炭治郎拼命鞠躬道歉。而这已然成为他的职责了。

“请……请进，请往里走……”

女店员的声音不自然地往上飘。

因为过于害怕，她甚至都没注意到伊之助的野猪头套。

但是在善逸眼中，明明很害怕的店员却仿佛是对自己怀有爱意似的，格外娇羞动人。

“怎么办怎么办怎么办怎么办怎么办怎么办……”善逸咕哝着，“被她爱上了可怎么办啊……被她爱上了可怎么办啊……被她爱上了可怎么办啊……”

“善逸……”

“哈啊哈啊哈啊，哈啊，哈啊哈啊哈……”

善逸喘息急促，浑身都是冷汗，还一直在发抖，连炭治郎都能体会到他的紧张了。他的喘息和手汗真的不同寻常。

“我说，善逸。稍微冷静一下好不好？”

炭治郎用愁苦又温柔的语调劝说着善逸。没想到善逸汗毛倒竖，反而生气起来。

“你不要说得这么轻松啊！你觉得我走霉运也无所谓吗？我倒霉了你也无动于衷吗？你这个人也太不够朋友了吧！”

“不是这样的。你要是倒霉了我怎么可能无动于衷呢？我只是觉得你没必要这么害怕——”

不过炭治郎的话语并没能传进善逸耳里。

善逸还是一边瑟瑟发抖一边重复着“怎么办怎么办”。

炭治郎面露难色地看向伊之助。伊之助哼了一声，一副“我不是都说过了”的模样。

“果然还是应该按我说的，直接把他丢了不就好了。”

“不要这么说啊。你是他的老大吧？”

“也是啊。喂，纹逸，我们走！我会保护你啦。谁让我是你的老大呢。”

伊之助的心情瞬间好转，大力拍击着善逸的后背。

女店员带领三人走到了店内最深处——角落里的席位。不知为何，明亮的店内只有这里略显幽暗。空气也很沉闷。

店员明显是想让他们离其他客人远点，才把他们带到角落里的。不过对他们来说，这样反而更好。

善逸立刻坐在靠里面的座位上，缩起腿抱紧了膝盖。

炭治郎坐在善逸旁边。对面坐着伊之助。

伊之助拿到菜单之后的第一句话就是：“看不懂。”

“这个读作‘a’，这个是‘yi’，伊之助的‘伊’就是这个哦。”

“我的‘yi’啊！！”

“这个读作‘su’，这个读作‘ku’。”

炭治郎像以前教弟弟们认字时一样，一个字一个字地读给伊之助听。

“咿呀啊啊啊啊啊啊啊！！！”

坐在隔壁的善逸发出悲鸣。

炭治郎吓了一跳，忙问：“你怎么了？”

听到炭治郎问话，善逸颤抖着伸出手指，指着离他们有一段距离的座位上的少女。

“那个姑娘，她看着我，然后就愣住了……肯定是爱上我了。”

“抱歉，你到底在说什么啊，我完全听不懂。”炭治郎悲悯地说道。

然而善逸夸张地摇着头：“因为，不管是谁都在看我啊……店里的女性估计都喜欢上我了吧……呜呜……怎么办啊，炭治郎？”

善逸的声音里充满了绝望。

“这家伙已经没救了啊。”

“伊之助。”

“本来就是个令人恶心的家伙，现在更没救了。他已经分不清现实和妄想了啊！”

“伊之助……”

伊之助就这么把不该说的话直白地说出来了。炭治郎轻声责备他。

正在这时，另一个女店员来点餐了。

“那个……我是负责为各位点餐的。”

她明显在防备着善逸，声音微妙地有些发颤发飘。

又误会店员喜欢自己的善逸颤抖得更厉害了。

“呀！这个人，一直在偷瞄我啊……她肯定是打算和我告白啊，肯定是……好可怕好可怕好可怕好可怕太可怕了太可怕了太可怕了……”

“你差不多够了，善逸。”炭治郎伸手敲打了一下闹个不停的善逸的脑壳，教训道，“你没看到她在害怕吗?！不要给店里的客人添麻烦啊！”

虽然炭治郎并没有特别用力，但是这一拳仿佛是切断了善逸紧绷的神经，只见他白眼一翻，扑倒在了桌子上。

但总算是安静下来了。

“抱歉吵到你们了。”炭治郎再一次低下头道歉。

“没，没关系……”

然而女店员的眼里早已溢满了泪水。虽然想要早点让店员解脱，但只是念了名字实在无法知道这些都是什么样的菜品。

就在炭治郎不知如何是好的时候，只见伊之助伸手指着什么说道："喂，你不觉得那个看着挺好吃的吗？"

炭治郎转过视线，坐在附近的女子正拿勺子挖着玻璃杯里馒头似的东西。

女子看起来好像很冷似的。仔细一看，那上面还插着看起来像米饼但是形状细长的东西。

确实很令人在意到底是什么味道。

炭治郎说："请给我们三份那个。"

"明白了。"

女店员露出明显松了一口气的微笑，逃也似的离开了他们的餐位……

"久等了，这是本店的招牌冰激凌。"

点好的食物以惊人的速度被端了上来。这次来的又是另一名女店员了。

这名女店员有着令人震惊的强健体魄，高大的身材几乎不输相扑力士。她的手腕足有炭治郎和善逸大腿那么粗，而且肌肉紧绷隆起，肌肉量比伊之助还要多。

"冰激凌很容易融化，请尽快食用。"

"哇，谢谢您——"

炭治郎微笑着道了谢。他有些担忧好战的伊之助会被店员得天独厚的强健体魄挑起战斗本能，去找店员打架。

“呀！等得黄花菜都凉了!！”

幸好眼前的美食更具有吸引力，伊之助根本没空去想什么战斗的事儿。

脱掉了野猪头，伊之助心情愉悦地握住了勺子。

他立刻挖了一大勺冰激凌，豪迈地吞了下去。

“哦……哦呀。”发出了感慨的声音。

看上去像是被美味感动到了。

“超级好吃啊，这个！这是啥啊?！”

“店员说这个叫冰激凌哦。”

炭治郎把从店员那里听来的名词告诉了伊之助。然后自己也吃了一口。

“好好吃啊！”

炭治郎不禁瞪大了眼睛。味道和包子完全不一样。冰激凌的味道出人意料，又冷又甜，还入口即化。

“好吃好吃好吃好吃好吃。”

伊之助一边快速往嘴里塞着冰激凌，一边大声连呼好吃。

在吃东西的时候，伊之助可以说是人畜无害。再加上他的容貌与野猪头截然相反，长得十分标致秀气，可以算得上是一名皮肤白皙的美少年了。

可能是这个原因吧，店内女性的视线都集中在了伊之助身上。

然而，不知道是因为什么，善逸居然在这时候清醒过来了。

“哈?！”

“你醒了啊，善逸。”炭治郎松了一口气，然后说，“冰激凌来了哦。”

“这个超级好吃，只要吃一口，一定可以分散一点你的注意力的。”

但是炭治郎的话语并没有传到脸色苍白的善逸耳中。

“我能感受到有视线在盯着我……”

“嗯？”

“你嗯什么嗯啊！难道你就感受不到周遭女孩们炽热的视线吗?！怎么办啊?！我，可是会倒霉的啊！而且还是所能想到的最糟的霉运啊！”

“善逸，你冷静一点。你这样是在给店里的人添麻烦啊。”

“不要啊啊啊啊啊啊啊啊!！祢豆子，爷爷，救救我啊啊啊啊啊啊啊啊——我不想走霉运啊!!！”

“善逸!！”

“各位客人，十分抱歉，但是如果你们继续在店内吵闹的话，我们只好请各位离开小店了。”

炭治郎的制止对善逸完全不起作用。于是刚才那名身强体壮的女店员过来温柔地提醒善逸。

善逸目不转睛地盯着女店员。

“欸……什么……‘客人，我喜欢您。如果您继续待在店里的话，我会害羞的。能请您离开小店吗？’她是这么说的吗？”

完全无法理解善逸到底是怎么才把话听成这样的。只见误解了的善逸立刻疯狂地颤抖起来。

“呀啊啊啊啊啊啊啊!!！告白了!！我被女性告白了啊!！不要啊啊啊啊啊啊啊!!！”

善逸用他能发出的最大声音尖叫着。他突然推开坐在隔壁的炭治郎，飞也似的逃离到店外。炭治郎根本来不及出声阻止。

“善逸……”

炭治郎目瞪口呆地看着友人的背影。

他应该是真的很害怕吧，连一直紧紧抓在手里的纸牌都忘了带走。

坐在对面的伊之助还在津津有味地吃着冰激凌，根本没注意到善逸已经跑出去了。

炭治郎轻轻地把友人忘在桌子上的纸牌拾了起来。

然后听见有人问他——

“客人，您手里的纸牌……是从哪里得到的呢？”

女店员皱着眉头，用严肃的语气问道。

“这可如何是好……善逸他到底跑哪儿去了？”

炭治郎在熙熙攘攘的人群里寻找着善逸的身影。

如果是在山中，很容易通过善逸金黄色的头发找到他。但是现在周围的人发色繁杂，而且服装也多有相似，要找到善逸确实是需要一些工夫。

刚才在店里叫住他们的女店员名叫纱耶。据纱耶所说，最近有名冒牌占卜师在模仿十字路口的那个很有名的占卜师。冒牌占卜师总喜欢讲一些十分骇人的内容吓唬路人，以看他们惊恐的样子为乐，性质十分恶劣。以前有个遭遇了冒牌占卜师的客人手里就握着和善逸的纸牌一模一样的小牌子。

炭治郎把自己刚才经历的事情告诉了纱耶后，纱耶露出了同情的表情，看上去十分担心。

“我也快要下班了，等我下班之后一起去找他吧。”

心地善良的姑娘说自己对这座城市比较熟悉。可即使有她的帮助，炭治郎等人还是怎么都找不到善逸。

（难道说，毕竟是善逸，有可能迷路……应该不会吧？）

虽然觉得善逸不会有什么事，但看到他被逼到绝处的样子，炭治郎总是忍不住往坏的方面想。

“难道你闻不到他的‘气味’吗？”

“从刚才起我就在找他的气味了，可是有股强烈的气味总是在影响我，导致我无法准确判断出他到底在哪……”炭治郎皱着眉头说道。

纱耶告诉炭治郎，这种气味是叫“香水”的东西散发出来的。气味基本都萦绕在女性身边，其中还有着令人无法忍耐的味道。所以炭治郎敏锐的嗅觉根本发挥不了作用。

“我和纱耶小姐从这边找起，伊之助你从那边找——”

就在炭治郎说话的当口，纱耶大叫：“在那里！”

顺着纱耶手指的方向，就看到善逸边走边哭。

看到善逸，炭治郎松了口气。

“善——”

“这位客人!!！”

就在炭治郎想要叫住善逸的时候，纱耶已经快步冲了过去。

善逸惊慌地跳起，紧接着跌坐在了地上。应该是恐惧让他的膝盖都软了吧。

像是放弃求生一般，善逸绝望地闭上了眼。就在此时，只听——

“马车的马脱缰了!!！”

男性的怒吼声响彻道路。

周围的人群一下子骚动起来。

“快逃啊啊啊啊啊啊!!！”

“呀!!！”

“别过来啊啊啊啊!!！”

路人四处逃散，到处都回荡着悲鸣。

炭治郎望着周围。只见那匹马正位于奔向善逸的纱耶右边，高高地抬起了蹄子。

“伊之助！”

“好嘞！”

炭治郎一声令下，两个人同时动起来。

但是在他俩动手之前，有一道闪电似的身影将纱耶从马蹄下救了出来。

“嗯？”

炭治郎不禁瞪大了双眼。

那个像闪电一样的身影，原来是善逸。

炭治郎立刻明白是友人使用了雷之呼吸，救出了纱耶。

“那家伙也挺能干的嘛。”伊之助小声说道，“明明是个胆小鬼，做得挺不错啊。”

伊之助眼神狠戾地盯着因为失去了攻击目标而躁怒不已的马匹。

突然，这匹马像小狗一样安静了下来。

不愧是伊之助……

炭治郎松了一口气，重新把视线移到善逸身上。抱着纱耶的善逸被周围的人们围在了中央。

“小伙子，做得不错嘛!！”

“刚才那是怎么回事？速度好快啊！”

“小小哥，你好帅!!！”

“你很厉害呢!!！小伙子!!！”

人们左一句右一句地夸赞着善逸。但是对善逸本人来讲，现在根本顾不上接受大家的赞扬。

善逸脸色苍白，抱着纱耶瑟瑟发抖。这也许和纱耶的体重有关系，但更多的是因为恐惧。

“善逸，你没事吧？”

虽然想赶紧到善逸身边去，但是他周围的人墙阻挡着炭治郎的脚步。炭治郎好不容易穿过人墙，就看见被善逸抱在怀里的纱耶抬起头，用湿润娇羞的眼神看着善逸。

“客人……您是为了我。”

“不，不是不是不是……并，并不是特特特别厉厉厉厉害的事……是，是，是个人都，都，都会这么做的。”

“天啊，您真是又谦虚又有男子汉气概……”纱耶一副被善逸迷住了的模样，小声说道。

气氛暧昧，纱耶仿佛下一秒就要向善逸告白了。

而善逸则是视线乱窜，求救似的望向周围的路人，突然，善逸的视线僵住了。

炭治郎察觉有异，顺着善逸的视线望去，映入眼帘的是刚才那名冒牌占卜师。

“伊之助！”“交给我吧!！”

伊之助分开人群，冲着冒牌占卜师奔了过去。

但是——

“欸？等一下，客人！您没事吧?！客人——”

听到纱耶的尖叫，炭治郎回过头去。

只见善逸怀里还抱着纱耶，就这么晕了过去。

之后，炭治郎将事情的真相告诉了苏醒过来的善逸，又教训了想要把被抓住的冒牌占卜师的头发都揪下来的伊之助，最后目送纱耶回去。三人这才离开城镇，在天彻底黑下来时回到了蝴蝶居。

“这可真是一场灾难呢。”

听他们讲述完事情的始末，忍温柔地安慰着三人 。

小清、小澄和小奈穗也都愤慨地说着“善逸好可怜”“你还好吧”“居然说谎，实在太可恨了”。情绪低落的善逸因此又开心了起来。

纱耶是刚才那家店的店主的侄女。作为救助侄女的谢礼，店主送给了炭治郎他们大量的巧克力和牛奶焦糖等甜点。蝴蝶居的女孩子们都非常开心。

她们开心，善逸就开心。

“不过话说回来，伊之助从一开始就十分冷静呢。”

炭治郎一边喝着小葵和叶樱泡的茶，一边夸奖伊之助。享用着巧克力的伊之助抬起头茫然地“咦”了一声。

他的脸上还沾着巧克力酱，小葵斥责道：“太脏了。”

“反正他就是觉得我不受欢迎就是了。”善逸在一旁闹脾气，“要么就是这家伙根本不担心我会怎样，所以才能那么冷静啊。”

但是，伊之助的回答却令人意外。

“因为刚遇到那个老婆婆的时候，我就觉得她散发着一股令人讨厌的气息啊。就是那种一开始就准备好了要说的话，舔着嘴唇寻找到底要对谁说这话的感觉。真的占卜师是不会做这种事的吧？说起来，你才是，你的‘听觉’怎么了？没有像往常一样听到她的声音吗？”

“……”

“啊？”善逸愣住了。

完全是一副大脑放空的样子。

善逸低下头默不作声。

“果然啊。”伊之助给了善逸最后一击，“你怎么就没听出来呢？”

“你好烦啊。”善逸回嘴的声音里却没有了往常那种气势。

其实炭治郎也犯下了同样的错误。他也没能闻出来冒牌占卜师那充满恶意的“味道”。炭治郎深深反省着自己。叶樱往空了的茶杯里倒入茶水。

“谢谢。”

“……”

“叶樱，你吃巧克力了吗？很好吃哦。”

炭治郎说着想要把巧克力递给她，但不知为何，叶樱红着脸躲到了身边的小葵背后。

因为她没有扔硬币，所以不知道要怎么做才好吗……可是看起来也不像。

她到底怎么了？

炭治郎疑惑地歪了歪头。

“什么啦，总感觉气氛变好了呢。是吧，炭治郎？”

“善逸，你怎么了？干吗露出这么可怕的表情？”

“长着一张单纯的脸……你要是比我先获得幸福，我就跟你没完哦！”

“？？？”

善逸周身都散发着嫉妒的气息，磨着牙齿逼近了炭治郎。那架势如此瘆人，仿佛下一秒就要诅咒炭治郎似的。

搞不清是怎么回事的炭治郎不知所措，忍微笑着在旁边安抚说：“算了吧。”

“善逸也平安无事。你们完成任务之后还顺便逮捕了冒牌占卜师。真的是关系很好的同期呢。”

忍满脸笑容，将场面顺利控制住了。

小葵说热水已经烧好了，所以三人向着澡堂进发。

“我不想去泡澡啊。冲一下就行了。”

炭治郎拉扯着闹别扭的伊之助。从二人身后传来了小小的声音——

“谢谢你们帮助了我。”

是对着炭治郎和伊之助说的。

声音非常小，却很真挚，还有些害羞。

“善逸？”

回头一看，身后站着的善逸已经恢复了以往的状态。

“啊啊，受够了，今天一天真是发生太多乱七八糟的事儿了。”善逸一脸烦闷地发着牢骚。

“我先进去了哦。”善逸说着，快步走向浴场。

“……”

炭治郎望着善逸倔强的背影，不禁眯起眼睛微笑起来。

“真的是关系很好的同期呢。”

耳畔仿佛响起了忍的声音。

是这样吗？

因为从成为鬼杀队队员起三个人就一直在一起，所以并不知道怎样才算关系好。

但炭治郎真心觉得在鼓之屋执行任务时遇到的是他们两个，实在太好了。

也正因为是三人一起，才能跨越各种困境。

才能不被痛彻心扉的悲伤所打倒。

不是孤身一人这件事，是多么幸福啊。

“我可以进浴池吗？但是不洗身子哦。”

“不可以。小葵不是都说了吗？进入浴池之前要好好把身子洗干净。”

“你说那个很烦人的小矮子啊。”

“不要这么说话。她是在为大家着想啊。好了，快走吧，伊之助。”

炭治郎用力拉着另一名友人，再度微笑起来。

在走廊里，抬头可以看见夜空。

明亮的星辰仿佛即将坠落一般，一片星河灿烂。

第4话
葵和叶樱

我曾经很不擅长与叶樱相处。

话是这么说，其实我并不讨厌她。只是，真的不擅长罢了。并没有被她欺负过，也没有与她发生过严重的冲突。

栗花落叶樱。如果要形容她的话，那就是像人偶一样的少女。

就算和她搭话，她也不会回应你。她总是带着一脸虚空的笑容，遇到事情也没有自己的主见，只靠扔铜币决定自己该怎么做。

看着这样不紧不慢的叶樱，急性子的我总是忍不住来气，有时候甚至会十分火大。

虽然我要比叶樱年长，但是她的职位比我高很多。毕竟她在铲除鬼这方面有着出众的才能，因而在年资尚浅的时候就被柱选为“继子”，继承了柱的技术。

而我只是靠着好运才通过了最终选拔，之后则因为过于害怕而没有和鬼战斗过，也没有积累到什么经验的胆小鬼罢了。靠着忍大人的好意，我才能留在蝴蝶居，负责照顾受伤的队员，帮着他们做一些恢复训练。

不能消灭鬼的鬼杀队成员，真的有存在价值吗？

当然不可能有。

我是鬼杀队的负担。

也许是因为这个理由，看到叶樱我就烦躁不已。当我意识到这份烦躁来源于我面对她时的自卑之后，我又开始厌弃自己这卑贱的心理。

我变得愈发讨厌自己。

就在这时，有人对我说了一句话：

“你帮助了我，那就算是我的一部分了。我会带着你的心愿去战场上。”

愿意将一无是处的我当作自己的一部分，愿意将这份无处安放的心愿带到战场上。

她并不是在夸耀自己可以上战场，也没有丝毫的犹豫。她带着如同太阳一般明亮的笑容，对我说了这句话。

所以我才想要更努力。只要是自己能做到的事，我都会去做……

然而……

然而当音柱命令我和她一起执行任务时，我却没出息地颤抖个不停。我想起了与鬼相遇时的情形，甚至因为恐惧而无法庇护奈穗。

“叶樱，叶樱!！”

我只能像个笨蛋一样重复着她的名字。

叶樱抓住了如此怯弱的我的手。

叶樱并没有投铜币。她皱着眉头，咬紧了牙根，无论音柱说什么，她都没有放开我的手。

而我至今仍未能向她道谢。

“出门置办物品吗？”

“是的，我想拜托你们两个去买一趟东西。”

本来以为身为上司的忍叫她们去自己的屋子里是要就音柱一事训斥她们，结果并非如此。

不过话又说回来，被吩咐一起去买东西什么的，还真是难得。

小葵偷偷瞟了一眼坐在旁边的叶樱。

叶樱还是一如往常，带着一脸虚空的表情凝望着空中，根本无从得知她内心究竟在想什么。

“要拜托你们买的药的种类，我都写在这上面了。”

忍微笑着说道。

和向来一语不发的叶樱一起出门——如果是以前，就算是敬爱的蝴蝶忍的吩咐，小葵也会觉得心情沉重。

但现在，这样的机会正是小葵想要的。

终于找到机会可以向叶樱道谢了。小葵低下头说：“明白了，我们这就出发。”

“那就拜托你们了。炭治郎他们结束这次任务之后，应该还会回到蝴蝶居吧。”蝴蝶忍若无其事地说道。

然而小葵却对这句话反应颇大。

忍接着说：“既然有宇髄先生跟着他们，那应该不用太担心吧。我们做好准备等着他们就好了。”

“……”

是的。他们是代替自己去执行任务的。

因为她太不争气了……

小葵轻轻咬住了嘴唇。她希望是一个并不危险的任务，但这只是自己一厢情愿罢了。既然是需要柱出动的任务，那必然不会是去消灭什么无足轻重的鬼。

去消灭盘踞在无限列车上的鬼的时候也是，他们遍体鳞伤地回来了。无论是肉体还是内心都遭受了重大创伤，那惨状让看着的人都心疼不已。

而这次都是因为自己无能，才害他们陷入险境。

请务必保佑他们平安无事……

默默祈祷的小葵几乎要哭出来了。

一定要全员平安无事，一起回来……

放在膝盖上的指尖颤抖个不停，想要阻止自己也无济于事。

小葵为自己的没出息而难过，她紧紧地闭上了双眼。

忍经常光顾的药材批发商行在距离蝴蝶居有一段距离的街道上。

小葵也被忍带着去过那家批发店好几次了。

“欢迎光临。”

迎接她们的是一个身形过分瘦弱的男人，脸像是霜打的茄子一样皱皱巴巴的。小葵还记得这个人。

“我们想买一些药——”

因为叶樱基本上不说话，所以小葵把忍交给她们的笔记递给店员看。在辨认药材这方面，小葵倒是没有什么不安。

然而到了要结账的时候，小葵的脸色骤然变得惨白。

明明放进口袋里的钱包不见了……

钱包里还装着从忍那里拿来的钱，但是现在怎么找都找不到。

小葵在队服的口袋里拼命翻找着钱包。过了一会儿，她才恍然想起来是怎么回事，不禁用手捂住了嘴。

啊……

小葵想起来，她们出门不久，因为着急买了别的东西，所以把钱包从队服里拿出来之后就放在桌子上忘拿了。小葵呆住了。

平常自己是绝不可能犯下这种错误的。

叶樱像是察觉到什么了似的，扭头看着小葵。

“叶樱，抱歉。”

小葵声音嘶哑地道歉。她低下头去，鼻尖几乎要触碰到膝盖了：“我忘记拿钱包了。”

叶樱并没有回应什么。

小葵羞耻万分，恨不得就地消失……

事不凑巧，因为主要目的只是帮忍买东西罢了，所以小葵和叶樱都没有带自己的钱包。

叶樱盯着手中的铜币，看上去有些犹疑。

小葵看到之后笑得很勉强，她问叶樱：“那个，你该不会是想直接拿了药材走人吧？”

因为是经常光顾的店铺，所以小葵忍着羞耻拜托店主，问他能不能赊账。但是疑心病颇重的店主无论如何都不肯点头同意。

“就算你这么说……我们家毕竟也是要做生意的呀。而且很不凑巧，今天我家长辈出门了……我是没法做主的呀。”

店主用类似的话不断地搪塞着小葵。

“话说回来，你们都是干什么的啊？鬼杀队又是什么样的组织啊？”

“这个……”

被店主这么质问，小葵一时语塞。

鬼杀队不是政府认定的组织，在这种情况下就很被动。

因为就算说有鬼存在，一般人也不会相信。除了用紫藤花纹当家纹的那些人以外，在其他人看来，鬼杀队并不值得信任。虽说鬼杀队是为了保护人类而拼上性命战斗的，但是现状却是他们甚至不能带着日轮刀在街上行走。

就在小葵烦恼于该怎么向店主说明时，店主用狐疑的眼神看着小葵和叶樱。

“都是女人，你们在做什么呢？上次来的那个女的也莫名挺奇怪的……你们，该不会在做什么见不得人的买卖吧？”

“！！”

因为出门买东西的都是蝴蝶居里的女性，所以店主才会有这种不成体统的推测吧。

小葵因为店主的下流视线而倍感愤怒：“我明白了。赊账这事儿就算了！告辞了！”

小葵的用词仍旧不失礼貌，她怒气冲冲地说完，就拉着叶樱离开了店铺。

紧接着，小葵又后悔了。

搞砸了……

小葵用手抱着头。就算现在返回蝴蝶居去拿钱包，也无法在关店之前赶回来，果然不应该一时冲动地跑出来。无论被店主说什么，都不应该反驳，而是要低着头继续拜托他才对。

但是小葵无法忍受忍被猜疑以及鬼杀队被侮辱这种事。

（我真是的……）

明明决定好要向前走——为了不辜负那个人的鼓励——结果却搞砸了。

只凭着心情冲动行事，导致一事无成，这种结果令小葵觉得分外难为情。

今天需要购入的东西——药材、酒、绷带等医疗物品，全都是必不可少的。

如果他们在这些东西储备不足的情况下回来了，可怎么办？

如果他们受的伤重到连忍都无法医治，可怎么办？

如果因为自己的错误，而使得他们出了意外……

只是想象一下，她就颤抖得不成样子。小葵因为自己的愚蠢而眼前一黑。

“抱歉，叶樱。”

现在根本不是为了上次的事儿而道歉的时机。

情绪低落的小葵转向叶樱，再一次低头道歉：“因为恐惧而无法去执行任务的时候，就给你们添了很多麻烦……现在连买东西我都做不好……真的是，太差劲了。”

说着说着，眼泪就涌了上来。小葵强忍着泪水，她的喉咙深处变得很热，鼻子里面也涌起一股酸痛的感觉。

“我……我觉得自己实在是太丢人了……”

“……我还是，再去拜托店主一下吧。问问他能不能明天送钱过来。”

就在小葵准备转身的时候，叶樱温柔地把手覆在小葵的头顶。

叶樱用十分生硬的动作抚摸着小葵。

她的手并不像普通少女的手那样柔软，而是经过千锤百炼的，有着一层厚厚茧子的少女的手——这是为了保护他人而一直战斗的手。小葵因为这只手而停止了哭泣。

“叶樱……”

小葵用茫然的声音叫了少女的名字。少女只是轻轻地微笑着，然后牵起了小葵的手。她既没有说“走吧”，也没有说“没事吧”，只是迈步向前。

小葵询问默不作声牵着自己的少女：“是要回蝴蝶居吗？”

叶樱仍是一语不发，既没有肯定，也没有否定。

“但是这个方向并不是回去的方向——而且，我们还没买到药材。”

小葵十分犹豫，回头看着越来越远的药店。但是叶樱仿佛并没有听见小葵在说什么，自顾自地向前走。

就是这种性格，让人觉得她是个难以理解的人，小葵只能放弃一般地叹了口气。

走了一段路之后，叶樱突然停住了脚步。

往来的行人密密麻麻地聚在一起。

“嗯？这是什么情况？”

小葵细看过去，好像是在酒店前面举行什么活动。

是有表演什么的吗？

就在小葵呆呆地思考着的时候，站在附近的一位衣着优雅的老妇人突然和她们搭话了。

“哎呀，真是可爱的小姑娘呢。不介意的话，要去看看吗？”说着有些强硬地拉扯着她们的袖子。

“不了，我们还——”

“仔细一看，总觉得在哪里见过你们呢。不用客气，赶紧过来吧。点心组可是斗得不相上下呢。”

顺着老太太的话，小葵无可奈何地从围观人群中间眺望着酒店门口。几名男女正在参加大胃王竞赛。江户时期，这种形式的大众娱乐竞赛很是流行，但现在已经不太能见到了。

包子四十五个，羊羹七大块，豆粉糕七十个，腌萝卜四根——令人难以置信的话语传来，小葵都要怀疑自己是不是听错了。

尤其是坐在中间的那名相扑力士，食量着实惊人，一口就能吞下一块羊羹。他还不断地往嘴里搬运着包子。

只是在一旁看着，小葵都觉得烧心烧胃地难受，但是比起这个，她更在意一旁叶樱的反应。

虽然并不是听叶樱本人讲述的，但是小葵听说她的家庭格外贫穷，因此她的父母把她卖给了人贩子。正巧忍和她已经亡故的姐姐遇见了她并救下了她，然后将她培育成了一名猎鬼者。

有着这种经历的叶樱是怎么看待这种大赛的呢？

“叶樱？”

小葵小心翼翼地看着身边的少女，而叶樱还是和往常一样，脸上没有丝毫的表情，用虚空的眼神望着这场可笑的表演。

并非因为饥饿，也并非为了生存，只是为了娱乐大众而大量浪费粮食。

小葵看着紧紧盯着这一场景的少女的侧脸，不知为何觉得无法忍耐。

“我们走吧。”这次换小葵拉起了叶樱的手。

突然被握住手的叶樱沉默地看着小葵，脸上露出了有点不可思议的表情。

就在小葵打算直接离开此地的时候，人群中忽然传出了尖叫声。

回头一看，竟是刚才那名相扑力士晕倒在地了。包子从他的手中掉落，沿着地面滚动。

“呜……呃……呃……呜……呜……”

年轻的力士面如土色，他呻吟了没多久，就翻着白眼失去了意识，口中还吐出了大量白色的泡沫。看热闹的人群再一次发出尖叫。

“喂，发生什么了？包子噎在喉咙里了吗？”

“喂！快撬开他的嘴！”

“他喝点水会不会好点啊？”

能听到男人们的声音。

看上去是打算救人，但方法都是错的。

这可不行——小葵这么想着，立刻行动起来。

“请让一让，请让一让……请让我过去一下！让我过去！”

小葵艰难地穿过人墙，走到中央。

她跪在力士旁边，按顺序检查了他的呼吸、脉搏、瞳孔、口腔和腹部。随着检查的深入，小葵的脸色也越来越苍白。

问题很严重啊……这并不是喉咙被东西噎住了这样单纯的状况。

小葵可以很明确地判断出现在的情况很危险。如果是忍在这里，那她一定有什么办法才对。

然而现在站在这里的只有自己。

自己能够救他吗？自己能够担负起他人的性命吗？连和鬼对峙都做不到的自己……

但如果自己什么都不做的话，这个人就会……

小葵咬紧了自己的嘴唇，回想着从医学书上看到的应对这种情况的方法和步骤。她深吸一口气，转头朝着周围的人喊道：“如果不尽快展开救治的话，这名力士会有生命危险。拜托各位去叫一下附近的医生！！”

站在一旁的男性叫道：“好，好的！我现在就去找医生。”说完就径直跑了出去。

接着，小葵看向了身边的叶樱。

“叶樱，你和店里的人说，把我接下来说的东西都拿过来。”

焦急的小葵向叶樱传达了治疗所需要的基本用具。说完之后才意识到，叶樱是不会有动作的。

“铜币——”

小葵回过头去——叶樱向着店里奔跑的身影印在了她的视野里。

既没有来自上司忍的吩咐，也没有靠抛铜币决定要不要做，叶樱听从了小葵的吩咐。

小葵又是疑惑又是感动，重新把视线移到了患者身上。

就在此时，人群深处传来一声吆喝。一个看起来就不正经的年轻男子把双手揣在怀里，从人群中走了出来。

“小姑娘，你干吗呢？我可是没少给这个力士下赌注啊！喉咙里塞了东西你让他吐出来不就行了！那他还能接着比赛吧？你非要说得那么吓人。别妨碍比赛啊。喂！”

酒气熏天的男人恫吓着小葵。

估计是和狐朋狗友赌钱呢。在胜负的紧要关头出了这档子事儿，想来他也会有所不满。男人伸长了手想要拉起力士。见此举动，小葵怒上心头，用力甩开了他的手。

“你没听到我说的吗?！如果不赶紧救治，他会有生命危险啊！”

“啊啊？”

“你妨碍到我治疗了，请退后。”

“你算什么玩意儿啊，小丫头——”

脸色骤变的男人冲过来想要抓住小葵。

小葵轻巧地闪避之后，抓着男子的手腕把他扔了出去。

虽然，身为鬼杀队队员，小葵算是不太成气候的那一类，但她毕竟也经历过地狱般严苛的训练，对付这种程度的男人并不在话下。

“我说了让你退后了。”

“你，你个……”

“如果你还不能理解情况的话，再有一次我就让你倒地不起。”

小葵眯起眼睛，冷漠地发出了警告。男子惊恐地咽了口唾沫。

也许是小葵的警告起了作用，男子虽然嘴里骂骂咧咧，但是只留下一句老套的“你给我等着瞧”就离开了。小葵看着周遭沸腾起来的人们说道：“劳烦各位安静一些。”

叮嘱完众人，小葵又将身子转向力士。

在确保力士的气道通畅后，小葵看见叶樱手里拿着她需要的东西飞奔而来……

“要是没有这个姑娘的话，那个相扑力士搞不好就不行了呢。”

许久之后终于赶过来的老医生如此说道。闻言，周围的人都欢呼起来。“做到了”“做得太棒了”之类的夸赞此起彼伏。

“哈哈……你们可真了不起呢。”

刚才和两人搭话的老妇人也满脸赞赏地夸奖着她们。老妇人捶了一下竞赛的主办者也就是酒店老板肥胖的肩膀说：“芳太郎当家的，你还不赶紧向两个小姑娘道谢吗？万一真的有人受伤，那可就是大事件了哦！你可要多给人家点儿谢礼啊。”

“我知道了。真是说不过你啊，香代婆婆。这次十分感谢二位的鼎力相助。虽然这点谢礼难表谢意……”

看样子老妇人和店主是认识的。店主在道谢的同时递上了谢礼，是一桶酒和一袋米。

“还请二位收下我的一点心意。”

“……”

本来是给优胜者的奖励，所以量非常多。既算不上是“一点”，也不是能“随意收下”的量。

因为本来就需要买酒，所以小葵还是心怀感谢地收下了。米的话可以卖了换钱，这样一来就能够买药和漂白布之类的物品了。重量其实倒不算是大问题。

两人分开背着东西。叶樱的步调轻松，游刃有余。小葵则是摇摇晃晃地走着。

叶樱再一次走到了小葵的前面。

果然还是和回蝴蝶居的方向相反。

她到底在考虑什么呢？小葵疑惑地想着。

（对了……道谢。我还没能和叶樱道谢。）

小葵突然想起这件事。

无论是音柱的事，还是刚才的事。

叶樱在听了小葵的拜托之后，立刻做出了行动。力士能够获救，并不只是小葵一人之功。

“啊，那个……我说，叶樱？”小葵对背着米袋的叶樱开了口。

叶樱停下脚步，回过头看着小葵。

“那个……就是……”

像是在等待小葵接下来的话语，叶樱静静地看着小葵。

小葵想，必须要说出来才行。

但是一想到要正式道谢，总觉得有些难为情。

就在小葵想着道谢的话该怎么讲比较好时，耳畔突然传来了愤怒的骂声——

“要下手就赶紧！”

“用不着你多话！”

小葵陡然一惊，僵住了身子。

紧接着，她听见了什么东西被割裂的巨大的响声，以及孩童哭泣的声音。

“什，什么？发生什么了？”

小葵环顾着四周，看见叶樱伸出手指向空中。而这前方，是一个位于角落的裱糊匠的简陋出租房。

也就是说，声音是从那里传过来的吗？

走进狭窄的小巷子里，映入眼帘的是一排宽约九尺长的长屋①，也就是所谓的分割式长屋。其中一间屋子的纸门半开着，打碎的茶杯散落在屋外。

小葵忍不住咽了口唾沫。

“不好意思打扰了，你们还好吗？”

就在小葵试着打招呼的时候，一个瘦瘦高高的男人踉踉跄跄地跑出来。追在男人身后的是一位母亲，她的背上还背着需要哺乳的婴儿。

被丈夫的语言所激怒，女人用圆木一样粗壮的双手拎起丈夫的衣领。丈夫不堪忍受，发出了绝望的悲鸣。被男人的悲鸣刺激到，吓呆了的小葵回过神来。

“请住手！这样下去他真的会受伤的！”

“别想着阻止我！这事儿和你没有关系吧！”

女人双眼血红，狠狠地盯着小葵。

小葵并没有被女人的气势吓倒，她冲过去分开两人，问道：“到底发生了什么让您这么生气呢？”

“这个人，居然把赚来的钱全拿去喝酒赌博了！现在米缸里一粒米都没有！家里一点存款也没有！再这样下去，用不了多久一家子就都得饿晕！”

妻子一口气将所有抱怨都讲了出来，然后放下她丈夫，当场蹲在

---

① 长屋是旧时日本的房屋形态之一。一栋长方形的房子被隔成几间简陋住房。单间住房多用来出租。住在长屋的基本都是下层社会的贫困百姓。

地上抱着膝盖哭了起来。

她干裂的嘴唇里发出野兽咆哮似的哭声。

“……美，美津。”丈夫也忍不住担心起自己的妻子来，“对……对不起。原谅我吧。”

男人跪在地上磕头道歉：“事情已经这样了。原谅我吧。”

与此同时，长屋里走出一个男孩，他还牵着一个女孩，看年龄大概是七岁和五岁吧。女孩一直在哭泣，男孩则隐忍着不让泪水掉落。

“妈妈，你不要哭了。”男孩拼命安慰着母亲，“我会豁出全力去打工的！”

望着意志力强韧的男孩，小葵不禁把他的身影和某位队员重叠在了一起。

“所以妈妈你不要哭了！等我长大了，一定好好工作，变成一个了不起的人，我绝对会让妈妈和大家都幸福快乐的！”

看着男孩坚强的模样，小葵悄悄地看了一眼叶樱。

但是叶樱并没有注意到小葵在看她。她眯起双眼，静静地盯着哭泣不止的一家人。那个眼神，像是在凝视着很久之前——再也无法体验到过去的眼神。

“叶樱。”小葵小声叫了叶樱的名字，接着说，“把米给他们吧。”叶樱这才意识到小葵的意图，轻轻点了下头，把背在身后的米袋啪地放到了地上。

“不介意的话，请你们拿走这些米吧。”

听到小葵这么说，夫妇二人都一脸惊讶地抬起头。

“靠着这些米，应该能撑一段时间吧。而且米还可以卖钱。”

“你说真的吗？小姑娘——不，这位小姐，您是认真的吗？”

“但是我们怎么好意思……”

“请和我约定，绝对不拿用米换的钱去买酒，也不能把钱用在赌博上。”

“好，好的！当然，不会的！”

像是在跪拜什么似的，丈夫做出了保证。

“我会洗心革面重新做人的！今后绝对不会再做出让老婆和孩子们受苦的事儿了！”

“先告辞了。”

小葵点了点头，转身往巷子外跑去。

“为什么……你要帮助素不相识的我们呢？”

身后传来了那个妻子的声音。

小葵稍微犹豫了一下。她不知道如何回答这个问题。

她只是想要给予那个为母亲着想的男孩帮助罢了。

即使生活如此贫困，这位母亲却宁可一家人苦苦挣扎，也没有选择卖掉孩子苟且偷生。她只是想要给予这名母亲帮助罢了。

仅此而已……

但是想要给予帮助这种说法不太好。“给予”这种情感，说出来总觉得过于傲慢。

所以小葵最终还是什么都没有说就离开了。

忽然——

“小姐姐，等一下——”

少年牵着妹妹的手追了过来。

“谢谢……太谢谢你了！！”

男孩说着，深深地鞠了一躬。妹妹有样学样地弯下了腰。

“这个是我老爸做的东西——”

男孩从怀里掏出一个风车递给小葵，大概是谢礼吧。小葵一瞬间有些犹豫，不知道要不要接受这份谢礼。

考虑到他家里的情况，这一个风车也不是单纯的风车了。只要卖出去，就是一份钱。

而就在小葵犹豫的时候，叶樱从男孩的手里接过了风车，而且她的举动并不是靠抛硬币决定的。

她的动作十分自然，不见丝毫的犹豫。

叶樱用细小的声音说道：“谢谢。”

听到叶樱道谢，男孩露出了分外开心的笑容。

是发自内心的真诚笑容。

小葵心中一动。男孩牵着妹妹的手，道了好几次谢，才回到父母身边。

还在原地的小葵望着叶樱，只见她对着风车轻轻地吹了口气，红色的风车就骨碌碌地转动了起来。

小葵问道：“为什么？”

“为什么你能那么直率地接过风车呢？”

“为什么你当时没有扔铜币呢？”

叶樱静静地盯着转动不停的风车。过了一会儿，才张口说道：“因为这个风车，是那个孩子……最真挚的谢意啊。”

“！！”

“如果不接受的话，他会伤心的……”

小葵惊讶地望着叶樱。

她的胸口仿佛被什么堵住了一样，说不出话来。

同时也为自己无药可救的愚蠢感到羞耻。

一面觉得给予帮助这种话太过傲慢，一面又在男孩递上谢礼的时候突然犹豫起来。

因为自己是在同情那个贫穷的男孩吧。

但是如果不接受男孩的谢礼，那自己的行为无异于“施舍”。但是男孩并没有甘受“施舍”的打算。

叶樱正是因为理解了男孩的举动，才会毫不犹豫地接过风车。

而与她相反，我……

她不过是个彻头彻尾的半吊子伪善者罢了。

因为厌恶自己，小葵低下了头。叶樱用行动催促小葵，仿佛在说“走吧”。

小葵默不作声地跟在叶樱身后。

叶樱前往的方向并非蝴蝶居，但是小葵已经觉得无所谓了。

跟着叶樱走了一段路，印入小葵眼帘的是一柄红色的野点伞[①]。

是茶屋啊。小葵漫不经心地想着。

叶樱在茶屋前探头探脑地张望，貌似是在找什么人。她随后小声搭话的那名老人看起来像是茶屋的主人。

“甘露寺？啊啊，你说小蜜璃啊。她今天没来这里呢。”

---

① 野点伞是日本在野外举办茶会或搭建茶屋时，插在地面上的大型红色和伞的名称。

听到老人这么回答，叶樱显得有些失落。

小蜜璃？

是指忍的好友——恋柱・甘露寺蜜璃吗？

说起来，确实听说这附近有蜜璃常去的茶屋。说是那里的三色团子非常好吃。

叶樱……她为什么要找恋柱大人？是忍大人拜托她传话之类的事吗？

所以从药店出来也没有选择立刻往蝴蝶居走，而是打算来这里吗？

但如果真是这样，应该也会告诉小葵一声才对啊。

想到这里，小葵突然意识到是怎么回事，伸手捂住了嘴。

啊……

小葵能想到的理由只有一个。

“难道说，你是想要和恋柱大人借钱吗？”

叶樱犹豫了一下，才小声“嗯”了一下。

“因为你看上去十分烦恼。”

“想着说不定能帮到你——结果完全没能帮上忙。”

有温热的水滴从小葵的脸颊上滑过。

一直忍耐着的泪水终于夺眶而出。

看到小葵突然开始哭泣，叶樱吓了一跳。她看着小葵，不知所措地把手放到了小葵的肩膀上。

“谢谢。”

小葵用沙哑的声音道了谢。在话语脱口而出的那一瞬，小葵仿佛放下了重担一样，变得轻松不少。

“今天一整天，都是你一直在帮助我……在差点被音柱带走的时候，也握住了我的手……并没有放开我。”

被道谢的叶樱露出无所适从的表情，害羞地低下了头。

终于把自己的心情传递给了叶樱。

——就在小葵这么想的时候，叶樱说话了。

“如果是我一个人的话，”叶樱轻声说道，“无论是看到力士倒在地上，还是看见那对夫妻吵架，都会不知道该怎么做才好。”

“叶樱……”

小葵的眼眶又一次湿润了。

“你是从什么时候起……变得即使不扔铜币也能自己做出决定的呢？”

听到小葵这么问自己，叶樱沉默了一阵，然后说道：“是炭治郎——”

意想不到的名字从叶樱的嘴里滑了出来。

“炭治郎和我说，让我遵循内心活下去，让我加油……所以我才能够做到。”

啊啊……原来如此。

小葵看着叶樱洁白的脸上渐渐布满了红晕。她完全理解叶樱的感受。

就像从自卑和罪恶感之中拯救了自己一样，炭治郎的话语肯定也改变了叶樱。

那个像太阳一样温暖的少年，用自己的话语将人偶似的少女变成了人类。

所以叶樱今天才能露出那么温柔、那么沉静的表情。

小葵怀抱着各种各样的想法看着叶樱。

她心里有很多种感受交织在一起。小葵一面因为少年的温柔而想要落泪，一面又因为少年的这份温柔并不是只给予自己的而感到落寞。更重要的是，小葵因为和叶樱有了共同的体验，而高兴得像个孩子。

一直生活在一起，但是却感觉离自己很远的少女，终于走近了自己。

自己的身边，有叶樱陪伴。

小葵默默地看着脸色泛红的少女。

“好啦，吃点这个吧。”

年迈的茶屋老板端来了茶水和三色团子。

他把盘子放在两人身边的长凳上，就这么离开了。

“欸？不行……我们没有钱。”

小葵对老板讲了实话，只听老人笑着说：“不会收你们钱的啦。”

“你们是小蜜璃的同伴吧？是叫鬼杀队吗？”

“欸？啊，是的。”

“我的女儿被鬼袭击的时候，是小蜜璃救了她。要说的话，算是我们的救命恩人啊。”

“你们的工作很艰险吧，但是要加油啊。不过，也不能勉强自己哦。”

说完，店主就回到了店里。

小葵看了看店主佝偻的背影，又看了看手中茶水散发的热气。

如果是以前的自己，大概会这么说吧：“既然您这么说，那我便不能接受这些食物。因为我只是一个不敢上战场的懦夫罢了。”

自己肯定会说一些自我贬低的话语吧。

但是现在的她却不这么想。

作为鬼杀队的一员，看到有人能够理解鬼杀队并且感谢他们，小葵发自内心地感到高兴。

小声抽噎了一下，小葵说：“我们要心怀感激地吃下去哦，叶樱。”

说完，小葵对着叶樱笑了笑。而叶樱也露出了微笑，轻轻地点了点头。

恋柱推荐的三色团子果然很好吃，还带着些许咸味……

离开茶屋时，西方的天空被染得一片通红。

小葵和叶樱结伴走在夕阳西下的小路上。

细长的影子从她们脚边延伸开去。

回到蝴蝶居之后，先为了没能买到药而道歉吧，然后明天一大早再出来买药。小葵一边考虑着这些事，一边往回走。

走到郊外的时候，小葵突然感觉到有什么人在后面奔跑着接近自己。

“等一下……你们两个！对，就是说你们俩呢！等一下！”

转头一看，药店主人那张霜打茄子一般皱皱巴巴的脸出现在了眼前。

店主大口喘着气，肩膀一抖一抖的：“哈啊哈啊……啊啊，太好了。”

等到店主的呼吸平稳了一些之后，小葵询问道：“请问怎么了吗？”

店主一脸不好意思地笑着说：“白天真是对不起二位了。”

说着递上了一个布包裹，里面装着小葵她们想买的东西。

“钱什么时候付都可以哦。”

“欸？但是……”

面对突然改变了心意的店主，小葵疑惑地皱起了眉头，叶樱也用不可思议的表情看着他。

这到底是怎么一回事啊？比起开心，二人更多的是惊讶——看到她俩这副表情的店主害羞地缩了缩肩膀。

“实际上——”

店主环顾着四周，将事情的原委缓缓道来。

“也就是说，你们在大胃王竞赛会场遇见的那位老人家，是店主的母亲吗？”

“是的。”

忍听小葵讲述了今天发生的一连串事件之后，颇为感兴趣地问她。

看见小葵点了点头，忍一脸感慨地说：“居然还有这种巧合呀。”

据店主说，药材批发店的那位老人曾多次碰到过忍和叶樱，还有小葵。虽然最近洋风服装并不算少见，但是鬼杀队的队服很有特点，给老人留下了深刻的印象。

老人回到店里，听儿子讲了白天的事情，立刻生气了起来。

“居然让那么善良的姑娘们空手而回，你的眼睛是瞎了吗？！所谓经商，并非只追求利润就可以！我不是教育过你很多遍了吗？！行了，你还不赶快去找她们！”

母亲一声令下，店主立马从店铺里飞奔出来。

“不仅如此，他还去了熟人开的布店帮我们斡旋并拿到了布料，这

些也可以之后再付款。”

“哎呀哎呀。看来他真的很怕他的母亲呢。”忍笑着说。

说完，忍又夸奖道：“你可立了大功呢，小葵。”

小葵疯狂地摇着脑袋，冷汗流了一身。

“并，并没有这回事！说来说去，还是因为我忘记拿钱包了……因为叶樱一直陪在我身边，才能有这样的结果……”

“叶樱也说了和你一样的话哦。”

“欸？”

“你想和她讲的话，都好好说清楚了吗？”

小葵吃惊地抬起头来，看见忍眉梢眼角都挂着温柔。只听她说：“看你这个样子，是说清楚了呢。”

“忍大人。”

“烦恼这件事，并不是什么无用之功。这是锻炼内心，让自己变得更加坚强的一个必经过程。但是，唯有这点希望你能够牢记：无论是你还是叶樱，还有小清、小澄和小奈穗，你们都是我最重要的部下，是我最疼爱的家人。”

望着上司动人的微笑，小葵两手着地，深深地低下了头。

说不定忍是注意到了小葵对叶樱抱有复杂的感情这件事，才让她们两人一起出门买东西。

各式各样的感情涌上小葵的心头，她觉得心里好像被什么填满了似的。

过了很久，小葵都没有抬起头……

从忍的屋子里出来时，天色已经彻底黑了。

透过纸糊的格子窗，可以看见月亮散发着淡淡的光辉。

还需要把买来的药都收拾好放进架子里，把漂白布裁好做成绷带……对了，还需要为队员准备好睡衣和寝具。

善逸、伊之助、祢豆子，还有炭治郎——这些豁出性命与鬼战斗的队员们，不知什么时候会带着一身伤回来。所以必须随时都做好准备才行。

（毕竟我也是鬼杀队的一员啊。）

小葵这么想着，握紧了自己的拳头。

对于会产生这种想法的自己，小葵着实吃了一惊。能够像这样积极地看待事物，搞不好还是通过选拔之后的头一次。

自己什么时候才能不对幸存下来这件事感到内疚呢？什么时候才能挺起胸膛做自己呢？

自己是否能够喜欢上自己原本的模样呢？

肯定，没问题的。小葵仿佛听见别人对自己说。那声音既像是炭治郎的，又像是忍的，还像是叶樱的。

叶樱的名字自然而然地出现在小葵的脑海里，小葵因此露出了微笑。

“小葵姐，正在静养的队员问怎么才能固定好绷带，这该怎么办啊？”

小奈穗求助道。

小葵收起笑容，一脸严肃地说：“我这就过去。”说完，她快步走向病房。

第5话

一贯制初高中☆鬼灭学园物语!!

一贯制初高中鬼灭学园。

这是一所深受鬼灭小镇的居民们喜爱的、十分平凡的学园。

既不是所谓的升学名校，也不是不良少年聚集的学校。

如果说这个学园有什么不平凡的地方的话——

那就是不知为什么，这个学园里聚集了一堆问题儿童。

“你想要辞掉风纪委员的职务？”

“嗯嗯。”

趁着午休躲在校舍后面向好友坦白了自己迫切愿望的善逸点了点头。

善逸今天也一如既往地检查了这所学园的学生的衣着打扮。结果被揍得像块破抹布。

并非被狼——而是因为被野猪养大而受到媒体追捧的嘴平伊之助（衬衣的扣子全开，光着脚，身上除了便当盒没有其他东西）、排球部部长朱纱丸（手里总是拿着铁质的彩球）、最凶少女梅（讨厌丑女改造校服）和她的哥哥等等。在遭受了他们各种不讲理的对待之后，善逸的身心已然是千疮百孔。

“够了，我真的受够了……说起来，我也不是自愿成为风纪委员的啊。只是推选风纪委员那天我恰巧没来学校罢了……”善逸吸着鼻子说道，“让我去当这个学园的风纪委员，根本就是不可能的事啊……”

炭治郎垂下睫毛，一脸悲伤地说道："可是我觉得你很适合这个岗位啊。"

炭治郎贴心地安慰善逸："不管怎么说，你很温柔啊。你看，父亲的遗物，就是这对耳环，也是因为你是风纪委员，才能对我戴耳环这件事视而不见。"

可是面对如此温柔的朋友，善逸只是斜眼看着他。

"既然你这么说，那你来当好了！你就代替我去当这个风纪委员吧！"

"嗯……但是我每天早晨都要帮家里干活啊……"

炭治郎家里是开面包店的。面包店十分有人气，每天清晨都必须要准备一千多个面包才够。但其实比起面包，炭治郎更喜欢米饭，他每天早晨都吃日式早餐这点并没有多少人知道。

插一段闲话：炭治郎的妹妹——灶门祢豆子是个十分美丽的少女，而且嘴里总是叼着一个法式面包。

因此总有人说，如果能在街角撞到灶门同学的话，那么"在街角和叼着面包的美少女撞在一起"这种宛如少女漫画场景一般的美梦就成真了。

不过虽然大家都这么说，但是至今没有一个人能达成心愿。

当然这也和对祢豆子怀有热烈的（单方面的）爱意，无论是上学还是放学都跟在她身后，躲在电线杆的阴影里守护着祢豆子的某人脱不开关系。虽然这个人大部分时候都是一副胆小怕事的样子，但只要事关祢豆子，他就能发挥出鬼一样的强大实力。

"那么，你至少要帮助我，让我顺利卸下风纪委员一职吧！"

“你就直接和富冈老师说不行吗？”

面对炭治郎单纯的疑问，善逸露出了他所能表达出的最大限度的嫌弃。

“根本不可能直接和他说好吗?！每当我想和他说‘我想辞职’的时候，他都会说着‘我不都说了让你把头发染黑再来和我讲话吗’这种蛮不讲理的话，然后就批评我一顿哦！说真的，这算怎么回事儿?那个人怎么回事儿?！”

体育老师富冈义勇还身兼风纪委员顾问一职。他总是一脸不耐烦，而且说话总是很凶的。因此除了炭治郎等极少数人之外，大多数人都很畏惧他。

为了应对这个问题教师，教师家长联合会议都不知开了多少次了。这个会议与其叫作家长教师联合会议，不如说已经成了家长富冈联合会议……

但是因为富冈这个人其实有些天然呆，所以对于会被开除这种事也没什么危机感。

也有传言说曾经看到他在雨天捡了一只流浪猫仔回家养，还真是令人意外的老好人故事。因为此事的真伪尚未可知，所以对于提升他的声誉也起不到什么作用。

“就算你这么说，这件事也不能不通过富冈老师……”

“所、以、说、我不是都说了好几次了吗?！”

烦躁的善逸大声叫喊起来。

“我都说了好几次了，他就是完全不听我讲话啊！那个人！我每次和他讲话的时候，他都会批评我啊！甚至还没来得及开口，就被批评了！真的，这算什么?！那个人！为什么，会是教师呢?！富呕呕呕……”

“善逸！”

已经到了连说出富冈的名字都会想吐的地步了吗？这算是对富冈这个人产生了过敏反应吧。

连善逸自己都没想到富冈居然在他心里留下了这么大的阴影。见善逸如此，炭治郎也终于理解了事态的严重性，点着头说：“我明白了。”

“你看这样行不行？善逸，你可以等富冈老师心情好的时候再去找他商量这件事。我也会陪着你的。”

“心情好的时候？他有吗？他心情好过吗？”

也许发工资的日子会心情好？

还是说超值星期五的时候？①

还是说有约会的日子呢？（话说回来，会有人和他约会吗？）

不管怎么说，善逸都无法想象心情很好的富冈是什么样的。不，应该说是不想想象。

善逸因为自己的想象而颤抖不已。

“是白萝卜炖鲑鱼。”

炭治郎斩钉截铁地说。

“啥？”

“富冈老师喜欢吃白萝卜炖鲑鱼。”

“那是啥？你怎么会知道这种事？你这人好可怕啊！”

---

① 超值星期五是 2017 年起由日本政府和经济界主导的倡导个人消费的促销活动。每个月最后一个周五即为超值星期五。当天很多企业和商铺都会开展促销活动。有些企业和学校下午三点就结束工作了。

“其实我在进入鬼灭学园之前，义勇先生……富冈老师就是我们店里的常客。”

因此，炭治郎总能从其他常客嘴里听到关于富冈的消息，据确切信息所言——

“据说富冈老师在吃白萝卜炖鲑鱼的时候，会露出一点点笑容哦。”

“好吓人!！他会笑?！那个人，居然会笑吗?！”

“善逸，你听好了。”

看着善逸夸张地抖动着自己的身体，炭治郎耐着性子说：“富冈老师每天都会在学校食堂点今日鱼肉套餐的。而今天的鱼肉主菜正是——”

善逸总算是露出了正经的表情，他盯着炭治郎，只见炭治郎用力点了点头。

“白萝卜炖鲑鱼。”

“炭治郎啊啊啊啊啊!!！”

感动万分的善逸紧紧抱住了一脸得意的炭治郎。脸上的泪水如滂沱大雨般哗啦啦地流。

“不愧是我的心灵挚友!！”

“好疼啊，善逸。”

“那事不宜迟，我们现在去食堂吧！”

善逸突然开始催促起好友。

两人意气风发地向着食堂进发。富冈此时正一个人坐在窗边的座位上，面前的托盘里还放着今天的鱼肉套餐。

两个人站在富冈斜后方，虽然看不到他的表情，但是能想象此时的富冈一定露出了前所未有的幸福表情。

炭治郎一语不发地点了点头，善逸也回应似的跟着点了点头。

善逸走到富冈的旁边，说道："富冈老师，我有事想和您讲!!"

善逸总算忍着呕吐感叫出了富冈的名字，只见富冈回过头："我妻……"

"我想要辞掉风纪委——"

"你到底什么时候才肯把你的头发染成黑色!!"

善逸话还没说完，就被富冈以前所未有的音量教训了一顿。

他的声音里完全感受不到白萝卜炖鲑鱼的幸福感，不仅如此，甚至能感受到一丝怨念。富冈命令道："身为风纪委员，金色的头发怎么能起到带头作用?！现在你就给我去把头发染黑。"

面对老师严厉的话语，善逸连声音都发不出，当场晕倒在地。

（为，为什么……怎么会……不是说好，有白萝卜炖鲑鱼的这一天他会笑吗？）

意识模糊的善逸问自己。

他的视野里出现了友人惊慌失措奔向自己的身影，和富冈拿着的套餐的餐盘。

然而，画着波浪花纹的瓷碗里装着的，并非白萝卜炖鲑鱼——

（居……居然是，白萝卜炖鰤鱼……）

难怪会是这种结果。善逸在心中怨恨着友人，就这么失去了意识……

"真的对不起，善逸！事情就是这样！"

“算了……这也是没办法的事。”

放学之后，去保健室接善逸的炭治郎对着好友低下了头。善逸躺在床上，有气无力地摇了摇头。

“因为进不到好的鲑鱼，所以临时变更为鰤鱼了。发生这种情况又不是你的错……非要说的话也只能怪我运气不好……啊哈哈哈哈。”

“善逸……”

看着望向窗外的好友，炭治郎心痛地皱起眉头。

炭治郎强撑出开朗的表情说道：“那个，我之后也考虑了一下。”

“嗯？”

“我们不如去找富冈老师以外的老师商量这件事吧？”

“富……呕——那个人以外的老师？”

差点吐出来的善逸慌忙换了个说法，然后问道：“比如说？”

“嗯——”

炭治郎苦思冥想。

“教美术的宇髄老师怎么样？”

“驳回！！不要那个老师！！讨厌！我超级讨厌那个人！！”

“那，响凯老师呢？教音乐的那个。”

“响凯老师只要看到你的脸，就会变得十分火大啊！”

炭治郎对于自己是超乎想象的音痴这件事毫无自觉，满脸不可思议地歪着脑袋。再次陷入沉思之后，炭治郎的表情突然明朗起来。

“对了！炼狱老师！”

“就是他！！”

善逸大叫着从床上一跃而下。

“炼狱老师的话，也有着不输给富——那个人的强烈性格！而且他意外地是个好人呢!!”

炼狱杏寿郎是热爱历史、热爱学生、热爱教育的热血历史教师。虽然有时候他不怎么听别人讲话，但是在学生中很有人气。他是鬼灭学园最受欢迎教师排行榜上当仁不让的第一名。

当选理由中，也有“衬衫袖口卷起来时露出肌肉鼓鼓的小臂，真让人受不了啊”“想成为他领带上的领带夹”“希望他能够永远年轻强大”之类的有些梦幻的理由。

因为他这副五好青年模样，给他说媒的人一个接着一个，光是拒绝就花了不少工夫。

“但是，这个时间的话，炼狱老师在哪儿呢？”

“不在教师办公室吗？”

“炼狱老师的话，在图书室哦。”

从隔壁床铺传来了声音。突如其来的声音吓得善逸一蹦三尺高。

床周围的帘子被稍微拉开，里面是个男生，满脸都写着不耐烦。

“啊……你，你好。”善逸畏畏缩缩地低下了头。

“十分抱歉，是我们吵到你了。”炭治郎也诚恳地道了歉，但是男生不耐烦的表情并没有因此好转。

“既然你们知道吵到我了，就赶紧出去吧。我最讨厌当我一个人静静地躺在珠世老师所在的保健室里，隔着帘子感受珠世老师工作时的气息时被别人打扰。”

男生用充满憎恶的语气说完，唰的一下拉上了帘子。

就在男生拉上帘子之后，另一侧的帘子被拉开。校医珠世探出头来。

“哎呀，我妻同学。你醒了啊，真是太好了！”

“是，是的，多亏了您。”

“虽然你的脸色没那么差了，不过还是不要勉强，再多躺三十分钟比较好哦！”

珠世充满悲悯的脸温柔地微笑起来。

就在珠世话音落下之际，善逸感受到身后透过白色的帘子传来类似“快走”的强烈气息。或许这股气息更接近敌意。

“我，我已经彻底没事儿了！”

“谢谢您！”

两人慌慌张张地道了谢，飞也似的逃离了保健室。

那个人一定就是传闻里的“保健室之主”愈史郎吧。

听说他待在保健室里的时间比待在教室里的时间还长很多。凡是靠近保健室的人他都不会原谅，哪怕是重病患者也不例外。

他究竟是哪个年级哪个班的，到底多少岁了，甚至是不是鬼灭学园的学生等，都无人知晓……

当两人抵达图书馆之时，刚才谈论到的那名老师正好走了出来。

“炼狱老师——”

“哦哦，怎么了？找我有事吗？少年们啊！”

历史教师露出了令人喜欢的明亮笑容。

他的怀里还抱着一堆书。书名分别是:《目标！成为便当男子》《超级美味便当 365 天》《让孩子开心的便当》……都是让人不知道怎么吐槽才好的书籍。

“……（你快去问他！）”

“……（不对吧，这时候应该是善逸你去问才对啊！）”

炭治郎和善逸沉默着互相推脱。

然而炼狱并没有注意到两人微妙的表情。炼狱并不是那种神经很粗的人，他只是不擅长注意到细节罢了，或者说只是不太会察言观色。

实在没有办法，炭治郎只好上前一步：“那个……炼狱老师，您是和家人住在一起对吧？那个……您结婚了吗？”

“啊啊！我和双亲还有弟弟住在一起！并没有结婚哦！怎么了吗？灶门少年！”

“您，是自己做便当吗？”

“你说这个？”察觉到炭治郎想说什么，炼狱露出一口洁白的牙齿，笑着说，“因为最近母亲在忙工作的事嘛。”

炼狱解释说，所以才想要代替母亲给弟弟做便当。

“虽然我无法像母亲那样做出美味的便当，但还是想要做一些能让千寿郎高兴的东西。”

即使揭开了真相，也没什么大事发生。不过这样的回答还是提升了对他的好感度，与越是和他对话对他的好感度就越低的富冈简直是天壤之别。

“怎么样？你们两个也试着做一做？方便的话等下一起来我家吧！”

“不，不了。我们是有事想和您商量一下——”

面对教师直率的邀请，炭治郎慌里慌张地拒绝了。

“是吧，善逸？”

“啊，嗯嗯……是这样。其实想和您商量一下关于富冈老师的事儿……”

“富冈？你是说我的同事富冈义勇吗？！”

“是的。实际上我想要辞去风纪委员这一职务，但是富冈老师完全都不听我讲话……”

善逸把刚刚在食堂发生的事讲给炼狱听。

“嗯……”炼狱皱着眉头一副苦恼的模样。

“白萝卜炖鲕鱼也不错啊！”炼狱用爽朗的语气发表着自己的感想，“鱼肉和蔬菜组合起来对身体很好，而且现在正是白萝卜大量上市的季节，当季蔬菜对身体很有好处！因为营养价值很高！”

“欸？”

“那，那个……”

“你们两个跟我一起去趟超市然后再去我家吧。不，要买白萝卜的话还是去蔬菜店，买鲑鱼应该去鱼肉店才对嘛！！”

“所以说，我们想说的并不是——”

“我可以借给你们围裙的，不用客气！”

“不是……”

“老师，白萝卜炖鲑鱼并不适合做成便当哦。如果不把菜和米饭好好隔开的话，会搞得米饭都黏糊糊的。”

“不是，你也抓错了重点吧？！”

“这样啊。对了，还得焖米饭呢！只有主菜的话，营养也不均衡！！”

“焖一锅加点蔬菜和肉末的米饭怎么样？”

“这样也不错！决定了！！顺便去趟粮店吧！”

“所以说，你们都搞错——”

“不用客气！和学生交流感情也是身为教师的一项重要工作嘛！”

“所以说，我只是单纯地想要辞掉风纪委员而已啊！”

没想到这位历史老师比某位教师更不听别人讲话，而且自己的亲友令人意外地居然还有天然呆这一属性，结果善逸从放学被折腾到了半夜……

“我……没想到炼狱老师他不听人讲话的毛病居然这么严重啊。”

善逸和炭治郎坐在离鬼灭学园不远的小餐馆 AOI[①] 里。为了换换口味，善逸点了冰咖啡和甜品。而现在，他正趴在桌子上。

本来以为炼狱是做什么擅长什么的类型，没想到居然是个黑暗料理男。

不仅如此，炼狱反复尝试反复失败，但是因为他并不是故意的，所以也无法对他发脾气。善逸只是尝一下味道而已，就感觉自己的味蕾彻底崩坏了。这味道能让任何人都至少生出一次以命犯险的觉悟。

最近一段时间都不想看到白萝卜和鲑鱼了。

“而且本想着炼狱老师终于做好便当可以解脱了，没想还要在他父亲的剑道教场经历一番斯巴达式的训练……”

“算啦算啦，千寿郎和老师的父亲也都很高兴啊。这不就挺好的嘛……”

① 此处的餐馆名 AOI 是化用日本知名连锁定食（套餐）店“YAYOI 轩”。另外，小葵在鬼灭学园里的设定是 AOI 的服务生，而小葵的日文发音正是 AOI。

炭治郎一副优等生的模样，贴心地维护炼狱。对此，善逸只能怨恨地盯着自己的朋友。

“比起这种事，我的问题到底要怎么解决啊?！根本完全没解决好吗！”

“啊，这不是因为发生了别的事嘛。抱歉，我给忘了。”

果然是忘记了啊。

“明天早晨又是地狱……哈啊……想要逃到什么地方去。想要去富——那个人不存在的世界。”

等到咖啡和甜点端上桌后，善逸还是抽抽搭搭地讲个不停，炭治郎在旁边安慰他。就在此时，店里的服务生小葵和学姐蝴蝶忍一起回到了店里。

“哎呀，炭治郎和善逸也来了呢。”

“欢迎光临。现在我就去换茶水哦。学姐你先坐在那边吧，一份冰激凌豆沙糯米丸子就可以吗？”

“嗯嗯，要多加黑蜜糖的。”

二年级的小葵是花道部的成员。三年级的忍是药学研究部兼西洋剑部的成员。

两人都长得十分周正。特别是忍，由于长相过于出众，想要签她去演艺圈事务所的星探一个接一个。不仅如此，她的成绩也十分优异，一直都是年级第一。而且她还在西洋剑大赛上取得了冠军。忍并不是只有可爱脸蛋的女生，所以每年的“鬼灭小姐”选拔会上，她都能不费吹灰之力就获得这个称号。

但是另一方面，也有关于忍的负面传言。比如有很多老师都在她

ムムム
ホカ
ホカ

的面前抬不起头来，而这些教师里似乎还包含着富冈……

当然，善逸是不会将这些传言当真的。

善逸的理由只有一个——

这么美丽的人怎么可能是坏人呢……

“你怎么了，愁眉苦脸的？如果不介意的话，能和我讲讲吗？”

坐在同一张桌子上的忍满脸担忧地询问善逸。

善逸的表情立刻变得色眯眯的。

这么温柔的人一定不会是传言中的恶人。那些谣言一定是因为有人嫉妒她的美貌和才能而故意诬陷她的。肯定是这样。

“实际上——”

忍像一名挚友一样认真倾听善逸的烦恼，时不时点头回应他。等善逸说完之后，忍说：“我想，一定是因为富冈老师对你有所期待，才会这么严厉吧。”

“期待？”

这个词语对善逸来说太过陌生，他不禁疑惑地皱起眉头。

忍温柔地微笑着。

“你也知道因为富冈老师那种个性，所以总是会因为一些误会被学生讨厌，也没有人愿意在他手下当风纪委员……但是你一直都跟在他身边对吧？我想他实际上是很开心的。”

“但是，我也不是想跟在他身边才跟着的……”

只是屈服于他的暴力之下，才会他说什么自己就做什么。

“之前我听到富冈老师小声说‘我妻做得不错’哦。”

“那个……富冈老师吗？”

善逸盯着忍，满脸都是难以置信。

也许是因为忍太过美丽，也许是因为她口中的好人富冈简直和善逸熟悉的富冈判若两人，善逸竟然能够顺利地说出富冈的名字了。

“风纪委员确实是个很辛苦的工作。但是，正是因为有你们，这个学园才能充满和平与安宁。”

学园的女神弯了弯眼睛。

然后她将自己的手覆在善逸的手上。忍的身上散发着一股迷人的香气，不只是洗发水或是什么芳香用品的味道，总之是无法形容的好闻。

“请你加油，善逸。我会全心全意地支持你的。”

“好的!!!”

被忍轻轻握住双手，善逸兴奋得鼻血差点喷出来。

善逸保证道：“就交给我吧!!”

而内心则是大喊大叫，幸福地快要上天了。

（好幸福!！呜哇啊啊啊！好幸福!!）

此时，小葵端着茶和冰激凌豆沙糯米丸子过来了。她用一种不知说什么好的表情看着忍和善逸，小声说：“虽然这么说可能不太好，但是你已经是这个月忍学姐说要全心全意支持的第十三个人了。所以说，你还是不要太过听信她的话比较好。”

小葵小声咕哝着。但是她的话语并没有传到善逸的耳朵里。

“太好了呢，善逸。果然你还是很适合当风纪委员的。加油。”

当然，也没有传到开心地笑着的炭治郎的耳朵里。

小葵无可奈何地叹了口气：“真是没办法……”

（好嘞！我就证明给你们看!！证明给你们看!！毕竟我可是被忍学

姐全心全意地支持着的人啊!!)

生性单纯的善逸怀着满腔热血发誓。

“富冈老师!!”

第二天清早，善逸带着笑容向在校门口检查仪容的富冈跑过去。

富冈今天也穿着一身运动衣，脖子上挂着指导用的口哨，手里握着爱用的竹刀。

“老师！我约了这周六的理发店！我打算把头发染黑，更努力地做好风纪委员的工作！今后也请您多多指导多多鞭策——”

就在脱胎换骨的善逸双眼放光大声宣布自己的决心的时候，富冈不耐烦地说:“太吵了!!!”

“?!”

善逸没想到富冈竟然又批评了他。

“不许在校内大声喧哗。”

(什么啊，也太不讲理了……)

善逸甚至来不及掉眼泪，就这么瘫倒在地上了。

到了午休的时候。

“炭治郎啊啊啊啊啊!!! 我想要辞掉风纪委员的工作啊!!! 我真的受够了!! 因为富呕呕呕……”

“善逸……”

善逸悲痛欲绝的惨叫响彻整座校园。

顺带一说，几日之后——

“我可是帮你挽留住了珍贵的人才啊。所以下个月体育馆的使用次数要记得多分给我们部一些哦。可以的吧，富冈老师？”

有人目击到忍顶着一张连虫子都不会杀死的温柔笑脸威胁着老师——当然也可以说，忍只是在拜托老师帮忙。而听到这件事的善逸吓得在床上躺了三天三夜。

今天的鬼灭学园（除了某人之外）也很安稳和平。

后记

吾峠呼世晴

辛苦了。

前几天我去眼镜店试眼镜，
店员对我说，把眼镜往下面戴一点会更时尚哦。
所以我就把眼镜架在了鼻尖上。
店员苦笑着对我说，但是也要有个限度才行呀。
——就是这样一则小故事。

我是吾峠。
各位是否享受了这本小说呢？
我还是头一次给小说画插画，又紧张又兴奋。
希望各位可以保持愉快的心情，
这样免疫力也会提高。
希望各位可以不要感冒生病，
健康快乐地度过每一天。

福，直接扑倒在电脑前面。

我非常喜欢老师所描绘的世界。

无论是多么不合理的情况，都不会认输。

无论内心崩溃过多少次，都能一直向前进。

我最喜欢总是一股劲儿向前闯的各个角色了！

感谢此次的负责人六乡编辑和中本编辑。

从我作为小说家出道以来，就一直照拂我的*j BOOKS*的各位编辑。

《周刊少年*JUMP*》的负责人高野编辑。

负责校对的*NAHT*的盐谷编辑。

以及参与此书制作与发行的所有相关人员。

最后，衷心感谢每一位阅读本书的读者。

让我们一起期待四月开始播放的动画吧。

希望大家能够享受剧情发展越来越激动人心的原作。

后记

矢島绫

我很喜欢《鬼灭之刃》，非常非常喜欢。

喜欢到不知如何是好。

我真的很喜欢这部作品。

所以在接到《鬼灭之刃》轻小说化这个工作的时候，我无比幸福，忍不住在心里尖叫出声。

（当然声音十分奇怪吓人。）

吾峠老师既要负责每周的漫画连载，还要商谈动画化的相关事宜。

即使如此，老师还是在百忙之中抽时间认真检查原稿，画了多幅很有冲击力的插画。

以及让我除了赞美再也说不出其他话的精美封面图。

我发自内心地感谢老师。

当老师告诉我慈悟郎老师的名字时，我过于幸

图书在版编目（C I P）数据

鬼灭之刃. 幸福之花 / (日) 吾峠呼世晴, (日) 矢岛绫著 ; 白静泽译. -- 杭州 : 浙江人民美术出版社, 2021.7（2026.1重印）

ISBN 978-7-5340-8868-1

Ⅰ. ①鬼… Ⅱ. ①吾… ②矢… ③白… Ⅲ. ①短篇小说—小说集—日本—现代 Ⅳ. ①I313.45

中国版本图书馆CIP数据核字(2021)第126159号

鬼灭之刃 幸福之花

［日］吾峠呼世晴　矢岛绫 著　白静泽　译
著作权合同登记 图字：11-2020-290号

策划编辑　冯　玮
责任编辑　吕逸尔　杨雨瑶
责任校对　毛依依
责任印制　陈柏荣
特别协助　杭州翻翻文化传媒有限公司
出版发行　浙江人民美术出版社（杭州市环城北路177号）
经　　销　全国各地新华书店
制　　版　浙江新华图文制作有限公司
印　　刷　杭州捷派印务有限公司
版　　次　2021年7月第1版
印　　次　2026年1月第20次印刷
开　　本　880mm × 1230mm　1/32
印　　张　4.5
字　　数　85千字
书　　号　ISBN 978-7-5340-8868-1
定　　价　25.80元